こねずみくん、ききいっぱつ！

ヘルダ・デ・プレーター 作
テー・チョンキン 絵　鵜木桂 訳

アルネへ

だってどうぶつは、にんげんとまったく同じなのさ。
にんげんと同じようなよくぼうをもって
にんげんと同じようにずるがしこいのだから。
「デ・ファーベルチェスクラント」（オランダの子ども向けテレビ番組）より

こねずみくん、ききいっぱつ！

目次

とくべつなおきゃくさま

こねずみくんは、おじいちゃんをさがしていました。

森の中を走って、立ちどまっては、息《いき》を切らしてさけびます。

「おじいちゃん、おじいちゃーん。おじいちゃん、どこにいるの？」

森の木ぎも、こねずみくんの声に合わせるかのように、「オジー……、オジー……」と、ざわめいています。でも、それ以外《いがい》の音はしません。

「おじいちゃん、おじいちゃーん？」

オジー……、オジー……と、森の木ぎがざわめきます。

けれども、おじいちゃんの返事《へんじ》は聞こえません。

こねずみくんは、落《お》ちつかない気持《きも》ちで走っていました。

メガネをかけてくればよかった。メガネがないと、遠くがよく見えません。ネズーミ一族《いちぞく》は、みんな目がわるいのです。

でも、こねずみくんは、かっこわるいので、メガネをかけたくありませんでした。きょうだいや、いとこたちのはかっこいいのに。自分《じぶん》の、ビンの底《そこ》のようにぶ厚《あつ》いレンズのメガネが、こねずみくんはきらいでした。

こねずみくんは、また大声でさけびました。

「おじいちゃん、かくれんぼでもしてるの？　すぐに家に帰らないと。ねえ、おじいちゃん、おじいちゃん？」

「オジー……、オジー……」森はざわめき、風がやさしくふきぬけています。

でもつぎのしゅんかん、風がやみ、死《し》んだような静《しず》けさになりました。

こねずみくんは、おどろいて、ころんでしまいました。横《よこ》を見ると、コケの上に、一枚《まい》の葉《は》っぱが落《お》ちてきました。

また一枚《まい》。こい赤い葉《は》っぱとオレンジがかった黄色の葉《は》っぱは、すこしかれかけて茶色っぽくなっています。こういう色は、冬にコートを着《き》たときみたいに、それだけであたたかく感《かん》じるね、とおじいちゃんは言っていました。

でも、こねずみくんは、葉《は》っぱがかれかけているのを見て、ぞくっとしました。ひときわ寒《さむ》くなったような気がします。こねずみくんは、しくしくと泣《な》きはじめました。

頭の上でガサッという音が聞こえ、見上げると、バサバサッ！　大きな鳥が、羽で空《くう》を切るような音がしました。空はもう、まっ暗《くら》で、わずかに月の光がさしているだけでした。

こねずみくんは、クンクンとあたりのにおいをかいでみました。なんだかちょっと、おじいちゃんのにおいがするみたいです。気のせいでしょうか？

「おじいちゃん、そこにいるの？」

でも、森は静《しず》まりかえったままでした。

こねずみくんは左右を見てから、前を見て、そして後ろをふりかえりました。あたりはまっ暗《くら》で、なにも見えません。それなのに、だれかがするどい目で、こっちを見ているような気がします。

こねずみくんは、ふるえながら頭を左右にふって、自分を元気づけるように言いました。

「気のせいさ。パパが言っていたことを、覚《おぼ》えているだろう？　見えないものにおびえるのは、負《ま》け犬《いぬ》がすることだ」

こねずみくんはヒゲをなで、前足に息《いき》をふきかけて、あたためました。おなかがグーッと鳴りました。もう夕食の時間で、いつもならテーブルについているころです。おじいちゃんもいっしょに。

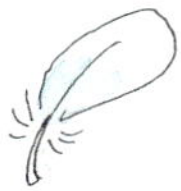

ママはぜったいに、ものすごくおこっているでしょう。パパは、もっとおこっているはずです。こねずみくんとおじいちゃんは、いつも夕食までには家に帰るきまりなのですから。

でも、きょうは、こねずみくんのせいではありません。おじいちゃんが、いなくなってしまったのです。

こねずみくんはふりむくと、さけびました。

「おじーいちゃーーん！」かん高い声は、すこしかすれていました。「おじいちゃん、帰ってきて。夕ごはんの時間だよ！」

とつぜん、上のほうから声が聞こえて、こねずみくんはおどろいて見上げました。ふたつの大きな目が、こねずみくんを見おろしています。オレンジがかった黄色い目で、こねずみくんがだいすきなイギリス産《さん》のチーズそっくりの色でした。

「そのとおりだ！」

こねずみくんはたずねました。

「そこにいるのは、フクロウさん？」

「そこって、ほかにどこがあるって言うんだ？」

こねずみくんがたずねたことには答えず、その声は言いました。

「こここそ、わたしの生息《せいそく》空間なのだから」

こねずみくんはまったく意味《いみ》がわからなかったので、用心して、「それはなかなか楽しそうなところだね」と、答えました。

フクロウは、こねずみくんをじっと見ています。こねずみくんは、いっしょうけんめいに考えました。

担任《たんにん》のタレミミ先生は、「友だちと敵《てき》の見わけかた」の授業《じゅぎょう》で、フクロウのことをなんて言ってたっけ？　もっとちゃんと聞いておけばよかった……。でもあの授業《じゅぎょう》のときは、ほかのことで頭がいっぱいでした。「フクロウは頭がよくて、抜《ぬ》け目《め》がない」というのは、こねずみくんも知っていたけれど、それ以上《いじょう》のことはまったくわかりません。

フクロウはつばさを広げ、えだの上でこねずみくんのほうに近づいてきました。

「ここできみに出会えるとは、ほんとうにありがたいことだ」

「えっ、なんで⁉」こねずみくんはおどろいて、思わず声をあげました。

フクロウは、かまわず、つづけました。

「森の、こんなところで、なにをしているんだい？」

「おじいちゃんをさがしているんだ。きみ、見なかったかい？」

「『あなた』だ」フクロウは、はらを立てたように言いました。「『きみ』じゃない。わたしはきみよりも年かさなのだから、ていねいな口をききたまえ」

こねずみくんは、目を丸くしました。「年かさ」なんていうことばは、はじめて聞きました。なんだか、フクロウがたくさんいるみたいですが、楽しげに木のえだにとまっているフクロウは一羽きりです。

いったい、なにを言っているんだろう？　ひょっとしたら、フクロウって、それほど頭がよくないのかもしれない。

「きみ……じゃなくって、あなたはひとりなんでしょう？」

「もちろん。きみもだろう？　つまりわたしたちは、

この森を自分たちだけのものにできるってことさ。まことに喜《よろこ》ばしいことにね」

「あなたは、とてもむずかしいことばを使《つか》うんですね。なんだか、なぞなぞみたい」こねずみくんは、ため息《いき》をつきました。

フクロウは、気味《きみ》のわるい声でわらいました。

「たしかに、わたしの人生はなぞに満《み》ちている」そう言うと、フクロウは地面《じめん》にむかって、ペッとなにかをはきだしました。

「失礼《しつれい》、毛玉がのどにたまる家系《かけい》でね」

「気にしなくていいですよ」と、こねずみくんは答えましたが、はきだされたものは、ものすごくくさいにおいがしました。

フクロウはつばさでくちばしをぬぐうと、「ああ、すっきりした」と言いました。

毛のかたまりから、なにやら、ほねのようなものがつきだしています。メガネのフレームみたいにも見えます。

あれ、なんだか見《み》覚《おぼ》えがある、と、こねずみくんは思いました。

　フクロウは、あわてたように木の下にまいおりると、そのほねみたいなものをくわえました。そして元のえだにまいもどり、くわえたものをつばさの下につっこんで、表情《ひょうじょう》を変《か》

えずに言いました。

「これは、コレクションにくわえないと。そうそう、きみのおじいさんのことだが……」

こねずみくんは、なにか教えてくれるのかな、と思って、フクロウを見つめました。

「きみ……じゃなくって、あなたは、おじいちゃんを見かけたんですか？」

「見たかもしれんな。おじいさんのしっぽは、くるんと丸まっていたかい？」

「そうです！」

「からだはこい灰色《はいいろ》で、ヒゲはまっ白だったかい？」

「そうです！」

「そして、メガネをかけていたかね？」

「かけてる、かけてる！」こねずみくんは、うれしくなってさけびました。

「だとすると、ちょっとざんねんなことになったな」

「えっ！」こねずみくんは顔をしかめました。

フクロウは、ぶきみなえがおをうかべて言いました。

「心配《しんぱい》しなくてもいいいさ」そのとき、フクロウのおなかがグウッと鳴りました。

「なに、おじいさんにはすぐに会える。からだの内側《うちがわ》から感《かん》じるよ。そのときが楽しみだね」

こねずみくんは、相手《あいて》がなにを言っているのかよくわからなくて、フクロウをじっと見つめました。

フクロウは、あわてたように言いました。

「とくべつなだれかと出会うのは、いつだってすてきなことだろう。きみのおじいさんは、まちがいなく、とくべつだった」

こねずみくんは、まゆをひそめました。

「どうして、『だった』なんて、むかしのことみたいに言うんですか？」

「あー、それは敬意《けいい》の表《あらわ》れだよ。お年寄《としよ》りは過去《かこ》のものがすきだからな」

「ぼくのおじいちゃんは、ちがうよ。ぼくのおじいちゃんは、いつも先を見ているよ」

フクロウはほほえむと、おなかをさすりながら言いました。

「ときには、後ろをふりかえったほうがいいこともある。わたしは後ろを見るのが、とてもとくいなんだ。これをごらん」

そう言うと、フクロウは首をぐるっとまわして、顔をほぼ、ま後ろにむけました。

「わあ、すごいな!」こねずみくんはおどろいて、言いました。

「きみのおじいさんには、こんなことはできなかった……じゃなくて、できないだろう?」

「うん、でもおじいちゃんは、ほかにいろいろとできることがあるよ。たとえば、音楽がとくいなんだ」

「そうだろうね。やせ細ったほねは、ほかにくらべようがないほど、軽《かろ》やかで、いい音を出すからね」

「ハハハ、おもしろいじょうだんだね！　おじいちゃんはオペラを歌うんだ。むりしなくても、だれよりも高い音を出せるんだよ」

「それは、まちがいないな。想像《そうぞう》がつくよ」そう言うと、フクロウは、くちばしをなめまわしました。

こねずみくんは、むねをはって言いました。

「クリスマスには、バレエの『くるみ割《わ》り人形』の、ネズミの王さまの役《やく》をおどったんだよ。おじいちゃん、すっごいがんばって練習《れんしゅう》して、本番はすばらしかった。おじいちゃんって、ダンスもうまいんだ」

「たしかにな。じつに、うまかったな」と、フクロウ。

「意志《いし》あるところ、道は開《ひら》ける、っておじいちゃんはいつも言ってる。たとえ、いろんなことがすぐにうまくいかなくてもね」

「そして、ときにざんねんな結果《けっか》になってもな」フクロウは言いながら、えだの上を左に歩いたり、右に歩いたりして、くちばしを開《ひら》き、よだれをポトポトとしたたらせました。

こねずみくんは、思わず後ろにさがりました。

「うわっ、あなた、歯《は》をちゃんとみがいてますか？　こんなこと言うのはしつれいかもしれないけど、口がすごくくさいですよ」

「ほんとにしつれいだな。だいたい、おまえは、わかってないぞ。わたしには、そもそも歯《は》はないんだ。くちばしと、つめさえあれば、じゅうぶん以上《いじょう》だ。おじいさんにきいてみるといいさ」フクロウは、つばさでくちばしをぬぐいました。

ふたたび、おなかがグーッと鳴りました。

「なんで、きゅうにつらそうな顔になったんですか？」

「はらがへっているからさ！」フクロウは答えました。

こねずみくんは、ため息《いき》をつきました。

「ぼくもだ」

「どうだね、いっしょに、なにか食べないか？　わたしの家に来るといい」

こねずみくんは、あとずさりしながら言いました。

「パパとママに、知らない相手《あいて》についていっちゃいけない、って言われているから！」

「知らない相手《あいて》だって？　きみは、もうわたしのことを知ってるじゃないか。そうだろう？」と、フクロウ。

「それは、そうだけど……」

「じゃあ、いいじゃないか。きみを、ささやかな、わがすみかにむかえられるとは、なんと、栄誉《えいよ》なことか」

フクロウがあんまりおおげさな言いかたをするので、こねずみくんは、思わずわらってしまいました。

「ハハハ、それって、どういう意味《いみ》なんですか？」

フクロウは、まん丸な目でこねずみくんを見つめました。

「つまり、こういう意味《いみ》だよ。きみをだいかんげいする、とね。きみが思っている以上《いじょう》にだ」

「でも、ぼく、おじいちゃんをさがさないと……」

「ああ、きっときみのすぐ近くにいるさ。わたしを信《しん》じたまえ」

こねずみくんは、ヒゲをなでながら考えました。フクロウは自信《じしん》たっぷりに見えます。こねずみくんは、ためらいがちに言いました。

「あなたが食事《しょくじ》の話なんかするから、おなかがすいて、よだれが出てきちゃった」

「わたしも、よだれがあふれて、おぼれてしまいそうだよ」

フクロウは変《へん》なことばかり言うなあ、と、こねずみくんは思いました。でも、親切な感《かん》じはします。そこで、こねずみくんは、ていねいにことばを選《えら》ぶと、勇《ゆう》気《き》を出して、言いました。

「ご招待《しょうたい》どうもありがとうございます。でも、つぎの機会《きかい》にします。おじいちゃんはこのあと、パーティーで、歌を歌うことになっているんだ」

「パーティーだって？」フクロウは目を細めました。

「年にいちど、しんせき全員《ぜんいん》が集《あつ》まるパーティーだよ。ま夜中になると、みんなで、大きなテーブルの上でポロネーズ・ダンスをおどるんだ。ネズーミ一族《いちぞく》みんなが、古い納屋《なや》に集《あつ》まってね」

フクロウは右へ左へと飛《と》びはねながら、たずねました。

「ネズーミ一族《いちぞく》みんなだって？　丸まると太った、あっ、いや、いたずらっ子たちもかい？」

こねずみくんはうなずきました。

「そうだよ。みんな来るんだ」

「みんなか……たしかに、そんなことを言っていたな」と、フクロウ。するとふたたび、くちばしのはしから、よだれがたれ落ちました。

こねずみくんは言いました。

「ね、わかったでしょ？　だから、おじいちゃんといっしょに、急《いそ》いでもどらないと、大さわぎになっちゃうんだ」

フクロウは木からまいおりると、こねずみくんに近づいてきて、言いました。

「おじいさんといっしょに帰らないと、ダンスパーティーに行けないし、ごはんも食べさせてもらえずに、ねるはめになる、ってことだね？」

こねずみくんはおどろいて、口をあんぐりと開《あ》けました。

「どうしてわかったの？」

フクロウは、かたほうのつばさで、もういっぽうのつばさをなでました。

「そんなにむずかしいことじゃないさ。やっぱりきみは、わたしの家で、ちょっと食べておいたほうがいいんじゃないかい？　念《ねん》のためにさ」

こねずみくんは、いっしょうけんめい考えてみました。フクロウは、ほんとうに、こねずみくんのことを心配《しんぱい》しているみたいでした。それに、さっきから、フクロウが言っていることは、どれもかしこいことのように聞こえます。

こねずみくんのおなかが、また
グーッと鳴りました。

「そ、そうだね。たしかにそうかもしれない」と、こねずみくん。

「じゃあ、さっさとわたしの家に行こうじゃないか」

　フクロウは、あっというまにこねずみくんをくちばしでくわえると、つばさを広げて飛《と》びたちました。こねずみくんのからだは宙《ちゅう》にういて、どんどん高くのぼっていきました。

頭がくらくらして、こねずみくんは思わずさけびました。

「ぼく、高いところはこわくてだめなんだ！」

フクロウは、こねずみくんの言ったことは気にもとめず、ゆうゆうと飛《と》びつづけます。

こねずみくんは、ドキドキしながら下を見ました。草や茂《しげ》みがどんどん小さくなっていき、いまでは、木ぎのてっぺんの上を飛《と》んでいます。こねずみくんはそれ以上《いじょう》、下を見ていられなくなり、目をぎゅっととじました。ただ、木《こ》の葉《は》がザワザワ鳴る音と、風を切るフクロウの羽の音だけが聞こえます。


フクロウは、一本の太いえだにたどりつくと、「さあ、ここがわが家だ」と、大きく口を開《あ》けてさけびました。そのひょうしに、こねずみくんは、えだの上に落《お》ちてしまいました。

こねずみくんは、頭がぼーっとしていましたが、からだをおこし、目をこすりました。

「この家は、わたしがぜんぶ、自分で建《た》てたんだよ。なかなか大変《たいへん》だったがね。どうだい、すごいだろう？」

フクロウは、じまんげに言いました。

でも、正直に言うと、こねずみくんはぜんぜんすごいと思いませんでした。

その家ときたら、フクロウが消化《しょうか》できずにはきだしたほねや毛と、こえだをごちゃごちゃにまぜたものでつくってあったのです。でも、フクロウは、こねずみくんが「すごい」とほめるのを待《ま》っているみたいでした。

こねずみくんは思い出しました。ママはふきげんになると、いつも、ふきんをふりまわしながら言ってるっけ。「ほめられて、いやな気持《きも》ちになる人はいないわよ」って。パパはそれを聞くと、いごこちわるそうに新聞を広げて、顔をかくしていたけど……。

「あ、あのう……変《か》わってますよね。その、なんていうか……すごくおもしろいです……」こねずみくんは、ことばを選《えら》んで言いました。

フクロウはふかぶかとおじぎをすると、こねずみくんのためにドアを開《あ》け、言いました。

「さあ、こねずみくん、お入り。入り口の段《だん》に気をつけて。ああ、足をふいてくれたまえ」

フクロウの家は、外側《そとがわ》はあんなにごちゃごちゃしていたのに、中はきちんとしていました。

「このかべ紙は、ぜんぶ鳥の羽なんですね！　それに、ランプには、ホタルの光が入ってる！」こねずみくんは、おどろいてさけびました。

「気に入ったかい？」フクロウは、えがおで言いました。「おきゃくさまをおどろかすような、さまざまなくふうをしているんだよ。なにしろ、おきゃくさまにはくつろいでほしいからね」

フクロウは、こねずみくんがげんかんに入るとすぐに、ドアのカギをしめ、そのカギを自分のベルトにつけると、つばさを広げました。

「ようこそ、こねずみくん。きみは、わたしの〈とくべつなおきゃくさま〉だ」

「〈とくべつなおきゃくさま〉？　ぼくがですか？」こねずみくんはおどろいて、フクロウを見上げました。

〈とくべつなおきゃくさま〉になるのは、とてもすてきなことだと、こねずみくんにも、よくわかっていました。こねずみくんは、家では十一番目の子どもで、下には弟たちもいます。つまり、ぜんぜんとくべつではありません。

学校でも、こねずみくんは成績《せいせき》があまりよくありません。去年《きょねん》はぎりぎり進《しん》級《きゅう》できましたが、いちばんだいじな「ネズミ学」で、落第点《らくだいてん》をとってしまいました。こねずみくん自身《じしん》は、成績《せいせき》をそんなに気にしていませんでした。なにか困《こま》ったことがおこっても、学校の勉強《べんきょう》とは関係《かんけい》なく解決《かいけつ》できるはずだと思っていましたから。

でも、パパとママはかんかんになりました。そのとき、おじいちゃんはこねずみくんのとなりにすわると、そっと自分のしっぽをこねずみくんのしっぽの上におき、こう言ってくれたのです。

「おまえは、やればできる子だ。わしにはわかっているよ。できるまでに時間が必要《ひつよう》なときもある。が、つぎのときには、もっとうまくいく。そうだろう?」

こねずみくんは、おじいちゃんを見つめると、だまってうなずきました。まるで、大きなチーズがのどにつかえたような感《かん》じで、なにも言えませんでした。そのときのことを思いかえすと、ふたたびむねが熱《あつ》くなりました。

「フクロウさん、どうもありがとう」こねずみくんは、口ごもりながら言いました。

「いままでだれも、ぼくのことを『とくべつ』なんて言ってくれなかった」

するとフクロウは、大きな声で言いました。

「きみはとくべつだ。きまってるだろう? みんなが、きみのおじいさんをさがしているのかもしれんが、きみが、そう、きみだけが、おじいさんを見つけることができるのだよ」

「ほんとうですか?」

いました。

「もうじきね。まちがいないさ」フクロウは、あやしいほほえみをうかべて、言

「フクロウさんには、未来《みらい》を見るふしぎな力があるんですか?」こねずみくんは、

おどろいてたずねました。

のばあいはね!」

フクロウはわらいました。

「そうじゃない、直感《ちょっかん》さ。でも、わたしの直感《ちょっかん》にまちがいはないよ。ほとんど

がしてきました。

こねずみくんも、おじいちゃんを見つけられるのは、自分しかいないという気

おじいちゃんはさいきん、家からかってに出ていってしまうことがふえて、つ

れもどすのが大変《たいへん》なのです。こねずみくんがおじいちゃんといっしょに帰ったら、

パパは、きっと大喜《おおよろこ》びするでしょう。ひょっとしたら、「よくやった」と、こね

ずみくんのせなかをたたいてくれるかもしれません。そんなことは、ふだんだっ

たらぜったいにありません。

こねずみくんは、こい緑色《みどりいろ》のカーペットの上をへやの奥《おく》にむかいましたが、ふいにつまずきました。あわてて顔をあげると、タンスの横《よこ》に立てかけられた、かけた鏡《かがみ》が目に入りました。

フクロウが言いました。

「その鏡《かがみ》は、カラスがくれたんだ。やつはよく、光るものを持《も》ってきてくれてね。かわりに、わたしがおいしいものをわけてやる、ってわけさ」

こねずみくんは、自分の鼻《はな》を鏡《かがみ》におしつけて、言いました。

「おもしろいな。ぼくって、おじいちゃんにそっくりだ。おじいちゃんも、おでこに、こういう白いはんてんがあるもの」

こねずみくんはそう言うと、鏡《かがみ》の中のネズミにむかって、ベーッと、したをつきだしました。

フクロウは、こねずみくんのまわりを、つばさを広げて飛《と》びまわっています。

それから、ハミングしながらテーブルの上にテーブルクロスを広げ、こえだでできたフォークとナイフ、それにシラカバの皮《かわ》のおさらをならべました。テーブルのまん中には、小さな花びんをおきました。花びんには、やなぎのえだが何本か、さしてあります。

こねずみくんは、こうふんして言いました。

「ひとりがけのいすだ！　ぼくの家には、長いベンチしかないんだ。いちばんいいところにすわろうとして、いつもおし合いへし合いなんだよ」

フクロウは言いました。

「いすは、『のみの市』でタダ同然《どうぜん》で手に入れたんだ。これは、アカゲラによる手作りでね。せなかのところに、アルファベットのF《エフ》とT《ティー》の文字が彫《ほ》ってあるだろう？　祖母《そぼ》のレシピでこしらえた新鮮《しんせん》な幼虫《ようちゅう》のシチューをごちそうしたお礼《れい》さ。ブナの実《み》と松《まつ》の実《み》のいためものをつけ合わせにしてね。アカゲラは、これまで、こんなおいしいものはいただいたことがない、と言っていたよ」

「このアルファベットは、どういう意味《いみ》があるんですか？」

「よく考えてごらん。F《エフ》はフクロウの頭文字《かしらもじ》のF《エフ》。だからこちらは、わたしのいすだ。そしてT《ティー》は……」

「わかった、わかったよ！　T《ティー》は〈とくべつなおきゃくさま〉の頭文字《かしらもじ》だよね。ぼくのことだ。だからこっちが、ぼくの席《せき》でしょ？」こねずみくんはさけびました。

「まったく、そのとおりだ！　きみは、クラスでいちばんかしこいんだろう？」

と、フクロウ。

「そんなことないよ」こねずみくんは、ため息《いき》をつきました。

「かしこさにもいろいろあるよ」と、フクロウ。

「おじいちゃんも、いつもそう言ってくれます！」

「きみのおじいさんは、たいしたものだ。おじいさんはきみにとって、真《しん》の前《ぜん》菜《さい》……いや、善人《ぜんにん》だな。すまん。ちょっと口がすべって……いや、ちょっとよだれがたまってね……」

「ぼく、おじいちゃんがだいすきなんだ。いつだって、ぼくのそばにいてくれるから」こねずみくんが言うと、フクロウが答えました。

「もうすぐまた、いっしょになれるさ」フクロウのくちばしから、また、よだれがたれました。「きみがおじいさんに再会《さいかい》できるよう、全力《ぜんりょく》をつくすよ」

「ああ、フクロウさんって、なんて親切なんだろう！　おじいちゃんもぼくも、いっしょう、あなたに感謝《かんしゃ》するよ」

フクロウは、かん高い声でわらいました。

「まあ、そうなるかどうか、ようすを見てみようじゃないか」

「家に帰ったら、きっとまたフクロウさんに会いたくなるだろうな」

と、こねずみくんが言うと、フクロウはいきなり羽を広げ、床《ゆか》につめを立て、声を荒《あら》らげて言いました。

「帰るなんてだめだ！　ここをはなれてはいけない！　わたしたちは、すぐにテーブルにつかなくては！　なぜって、きみはわたしの……わたしの……」

「……〈とくべつなおきゃくさま〉だから、でしょ」こねずみくんはつづけました。

フクロウさんはきっと、ひとりぼっちでさびしかったんだ。だからあんなに急《いそ》いでぼくをつれてきて、大声を出したりもしたんだろう、と思いました。

「ぼく、あなたの言うとおりにしますよ。〈とくべつなおきゃくさま〉として、あなたの料理《りょうり》のうでまえに、ケイイを表《ひょう》したいと思っています」

なんてうまく言えたのでしょう。フクロウのしゃべりかたを、ちょっとまねしてみたのです。

フクロウはおどろいたように、こねずみくんを見て、言いました。

「ほんとうかい？　それじゃあ、いまからしたくをしに、キッチンに行ってもいいかな？」

「もちろんです。ぼく、帰ったりなんて、しないよ。〈とくべつなおきゃくさま〉になるなんて、ほんとうにとくべつなことだもの！」

フクロウが、あわててキッチンにむかうのを見ながら、こねずみくんは、思いました。フクロウさんはきっと、なみだをふきにいったんだな。

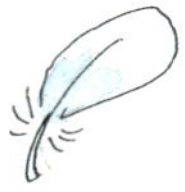

フクロウがいなくなると、こねずみくんは立ちあがって、その場でとびはねました。きょうは、わすれられない日になりそうです。
おじいちゃんといっしょに帰ったら、こねずみくんは、みんなにうんとほめて

もらえるでしょう。フクロウは、いまは食事《しょくじ》のしたくをしていますが、おじいちゃんにまた会えるよう手助《てだす》けする、とやくそくしてくれました。

そして、すてきなことに、こねずみくんは、きょう、フクロウの〈とくべつなおきゃくさま〉なのです。

こねずみくんはうれしくてたまらなくなって、さけび声をあげないように口をおさえました。このことを、きょうだいに話しても、ぜったいに信《しん》じないでしょう。パパやママだって。

でも、おじいちゃんだけはちがいます。ぜったい信《しん》じてくれるはずです。

こねずみくんはうれしくなって、おどりだしました。前後にとびはねると、足のつめが床《ゆか》にあたって、カチカチと音がしました。

「おじいちゃんのためにおどろう。おじいちゃん、だいすき！」こねずみくんはじょうきげんで歌いました。「おじいちゃんを見つけたら、フクロウさんと三人でおどるんだ！　ポロネーズ・ダンスをね」

こねずみくんは、ますます早くくるくるとおどり、とうとうめまいがして、息《いき》が切れ、タンスの前にたおれこんでしまいました。
しばらくのあいだ、そこにすわって、息《いき》をととのえてから、タンスの取《と》っ手《て》をつかんで、立ちあがろうとしました。
すると、うっかり引き出しを引っぱって開《あ》けてしまったのです。
いったい、これはなんでしょう？　引き出しの中には、メガネがぎっしり入っています。おまけに、ひとつひとつ、チーズ屋《や》さんのチーズのように、ラベルがついていました。こねずみくんは、書いてある文字を読もうとしました。

でも、メガネをかけていないので、ぼんやりとしか見えません。おまけに、インクがうすれたり、にじんだりしているラベルもあります。

そのとき、こねずみくんは、思わず小さくさけびました。

「あっ！」

千はあるかと思われる中の、一枚《まい》のレンズがひどくひびわれているのを見つけたのです。

見たことのあるひびです。そう、まちがいなく、いとこのロナウドのメガネです！

このひびは、ロナウドが、となりにいた女の子のしっぽに、かってに自分のしっぽを結《むす》びつけたときにできたものです。

おこった女の子がしっぽをほどいたひょうしに、ロナウドのメガネが落《お》ちて、このひびが入りました。ロナウドは、ひびの入ったメガネを見たとたん、泣《な》きだしてしまいました。

泣《な》き虫《むし》なやつ。自分のせいなのに。そう思って、こねずみくんは大わらいしました。

すると、タレミミ先生は、こねずみくんをしかりました。そして、こねずみくんは放課後《ほうかご》、いのこりをさせられたのです。ロナウドは家に帰っていいと言われたのに。

ひどいや！　いたずらしたのは、ロナウドなのに！

でも、そのよく日、ロナウドは学校に来ませんでした。そのつぎの日も……。

こねずみくんは、首をひねりました。どうしてロナウドのメガネが、フクロウさんの家の引き出しにあるんだろう？

いっしょうけんめい目をこらして、こねずみくんはラベルを読んでみました。

T4《ティー》　しるけたっぷりでやわらかい。低温《ていおん》でローストし、クレソンの上にのせていただく

こねずみくんの目は、「いただく」ということばにくぎづけになってしまいました。フクロウはさっき、アカゲラにごちそうしたことを話すのに、「いただく」と言っていました。

こねずみくんはぎょっとして、前足を口にあてました。

まさか、そんなまさか！　フクロウさんは、こねずみくんのいとこのロナウドをなべにほうりこんだのでしょうか？　あんなに親切で、やさしくて、さびしがり屋《や》のフクロウさんが？　こねずみくんを〈とくべつなおきゃくさま〉としてむかえてくれたフクロウさんが？

いやいや、まさか。そんなはずない、うそだよ。こねずみくんは、もうこれ以《い》上《じょう》考えたくありませんでした。でも……。引き出しの中をかきまわしてみると、なんてことでしょう！　リングテールおばあちゃんの補聴器《ほちょうき》がありました！

ラベルには、

T7《ティー》　カリカリにあげ、クリームソースとパセリをしょうしょうそえていただく

と、ありました。

おばあちゃんは、毎年こうれいの大ピクニックの日に、とつぜんすがたを消《け》しました。

ああ、そして……。こねずみくんの足ががくがくしてきました。もう力が入りました。

ません。これはおとなりのアルフレッドさんの黒い眼帯《がんたい》です。アルフレッドさんは、天気がよくてもわるくても、いつも文句《もんく》を言っていました。

T《ティー》19　むらさき色のアブラムシの甘露煮《かんろに》といっしょに甘《あま》く味《あじ》つけ。ちんみ。くりのピューレとポルチーニきのこのスープをそえていただく

また、「いただく」です。

こねずみくんはタンスから、いすのせもたれに目をやりました。ラベルの「T《ティー》」が、〈とくべつなおきゃくさま〉をしめしているのは、あきらかでした。でも、数字はどういう意味《いみ》なのでしょうか？

こねずみくんは、引き出しの中の、何十もの〈とくべつなおきゃくさま〉のメガネやらなにやらに目をやると、気がつきました。ラベルの数字は、順番《じゅんばん》をしめしていて、メガネの数のネズミたちが……。

悲鳴《ひめい》が出そうになりましたが、なんとか口をおさえて、ふせぎました。おじいちゃん、ああ、おじいちゃん……。ひょっとしたら、おじいちゃんも……？　こわくて、歯《は》がカチカチ鳴《な》ります。

そのときフクロウがキッチンから、歌うように話しかけてきました。

「もうすこしのしんぼうだよ。すぐに行くからね」

こねずみくんは、とっさに、大急《おおいそ》ぎでげんかんまで走りました。

でも、げんかんにはカギがかかっています。そういえば、フクロウはカギをかけて、そのカギをしまっていました。こねずみくんはあわててあたりを見まわしました。どこか、かくれるところはないでしょうか？

でも、げんかんのわきにある使《つか》い古《ふる》したほうきは、すかすかで、その後ろにはかくれられません。

テーブルのあしも細すぎて、かくれても後ろにいるのが見えてしまいます。

カーテンをのぼろうとしましたが、なんどやってもすべり落ちてしまいます。

こねずみくんは、泣《な》きそうになって、小声で言いました。

「ここを出られたら、もう二度《にど》と、たなからこっそりおやつをとったりしない。

二度《にど》と、親のふりをしてニセの手紙を書いて、体育《たいいく》の授業《じゅぎょう》をさぼったりしない」

どうしたらいいのでしょう？　そのとき、おじいちゃんの言っていたことばが頭にうかびました。

「強くない者《もの》は、かしこくあれ」

こねずみくんは、まちがいなく強くはありません。けれど、かしこくなろうとしたことなんか、いちどもありませんでした。

おじいちゃんはよく、生きていくためには、うそが必要《ひつよう》なことがある、とも、言っていました。

たとえば、オスネコのティッベが干《ほ》し草置《くさお》き場《ば》まで追《お》いかけてきたら、ワラの中にもぐって死《し》んだふりをする。大きなドブネズミに食べられそうになったら、ぼくは伝染病《でんせんびょう》にかかってる、とさけぶ……。たしかに、学校の成績《せいせき》がわるかったときだって、うそが役《やく》に立ちました。

「さあ、食事《しょくじ》の時間だ！」キッチンから、フクロウの元気な声が聞こえてきました。

こねずみくんはあわてました。どうすればいいの？

すると、頭の中で、おじいちゃんの声がしました。

「ふりをするんだ」

「なんのふり、おじいちゃん？　なんのふりをすればいいの？」

「なんでもない、ってふりさ！　とにかく、時間をかせぎなさい」

キッチンのドアが、いきおいよく開《ひら》きました。

こねずみくんは、あわてて元のいすにすわり直しました。

フクロウは、見るからにうれしそうでした。ほんもののウェイターのように、赤いネクタイと黒いベストを身《み》につけています。大きくてキラキラかがやく、ふたつきのさらをテーブルの上に上品《じょうひん》にのせると、フクロウは、まんめんの笑《え》み

をうかべました。

部屋《へや》の中は、タイムやブルーベリーなどのいいにおいがただよっています。

でも……こねずみくんは、気分がわるくなってきました。

「お、おじいちゃん、どうしよう？」

「ふりをしろ、こねずみくん。なんでもないふりをするんだ！」

フクロウはせきばらいをし、きげんよく説明《せつめい》を始《はじ》めました。

「まずは前菜《ぜんさい》として、新鮮《しんせん》な……」

こねずみくんは、テーブルの下で、前足をぎゅっとにぎりあわせました。

「いやいや、こちらの話だ」フクロウは、あわてて言いました。「ついつい、こうふんしてしまった。もうしわけないね。あらためて説明《せつめい》しよう。まずは前菜《ぜんさい》と

して、きょうの午後にとれたばかりの一品《いっぴん》。ハハハ、サクサクのオークの葉《は》っぱにのせて、ヘーゼルナッツをそえていただく。さあ、めしあがれ！」

「いただく」と聞いたこねずみくんは、息《いき》がつまりそうになりました。

フクロウはいすにすわり、ナプキンを首にかけると、ナイフとフォークをテーブルにおきました。

「どうだい、自分で言うのもなんだけど、じつにうまそうなにおいじゃないか。もうおなかがぺこぺこだよ。きみもだろう？」

「ふりをするんだ、こねずみくん。なんでもないふりをするんだ」

こねずみくんは、うなずくことしかできませんでした。ふたのしてあるおさらを悲《かな》しそうに見つめ、考えました。いったいどうして、フクロウは親切だなどと思いこんでしまったのでしょう？

フクロウは、親切なわけでも、ひとりでさびしい思いをしているわけでもなかったのです。それどころか、サギ師《し》だったのです！　おまけに、おじいちゃんをばかにしていました。おじいちゃんはきっときょう、このフクロウにつかまって……。

「どうしたんだい？　さあ、めしあがれ」と、フクロウ。

「こねずみくん、なにか言いわけを考えるんだ。急《いそ》いで！」

「あの、けっこうです。その、ぼく……ヘーゼルナッツにアレルギーがあるから」

こねずみくんは、弱よわしく答えました。

「なんだ、どうしてそれを先に言わないんだ？」フクロウは、ふきげんそうにこねずみくんをにらみました。「それでは、

きみのぶんは、わたしが食べるとしよう」

フクロウは、さらの上のヘーゼルナッツを口にほうりこみました。すると、よだれがあごからナプキンへとたれました。

こねずみくんは、きょろきょろとまわりを見まわしました。どうしたらいいのでしょう？　このままだと、こねずみくんも、すぐになべに入れられてしまいます！

そのとき、こねずみくんは気がつきました。大変《たいへん》だ！　メガネの入った引き出しが開《あ》いたままだ！

「どうした、ぐあいがわるそうだが、まさか気分がわるいんじゃないだろうね？　きみは〈とくべつなおきゃくさま〉なんだから、このあと……」

そのとき、フクロウもタンスの引き出しが開《あ》いていることに気がつきました。

フクロウは、おどろいたひょうしにのどをつまらせ、あわてて口の中のものをはきだしました。すると、口からメガネのフレームがとびだし、おさらにあたって、カチャンと音を立てました。

テーブルの上にはきだされたメガネのフレームには、「カルーソ・ネズーミ」と刻《きざ》んであります。おじいちゃんの名まえです！

フクロウは、あわててメガネのフレームを口の中におしこみ、のみこもうとしました。と、のどにつまったらしく、顔がまっ赤になり、苦《くる》しそうな息《いき》になりました。

こねずみくんはさけびました。

「もうわかってるんだ！　あなたがおじいちゃんを食べちゃったことを。ほかの、〈とくべつなおきゃくさま〉と同じようにね！　そして、ぼくのことをつぎのえじきにするつもりなんだ！」

ところが、フクロウはくちばしの中につばさの先をつっこむと、苦《くる》しそうにさけびました。

「た、たす、助《たす》けてくれー！」

「だまそうとしてもむだだ！　その手にはのらないよ！」こねずみくんはまたさけぶと、フクロウのベルトに手をのばし、げんかんのカギをもぎとりました。

フクロウは大きな音を立てて、いすからころげ落ちました。

こねずみくんは、テーブルの下をのぞいてみました。フクロウは、カーペットをつばさでたたいています。まるで試合《しあい》に負《ま》けたレスラーみたいです。

「そんなことしたってむださ。〈ネズミ学初級《しょきゅう》〉で習《なら》ったよ！『追《お》いつめられたネズミはネコをおそう』って、よく言

うでしょ？　ネズミだって、いざとなったら強くなれるんだ。フクロウさんの思いどおりにはならないよ」こねずみくんはそう言うと、カギをにぎりしめて、げんかんへと走り、ふるえる前足でカギをまわしました。

ドアがいきおいよく開《ひら》き、すずしい夜風が家の中に入ってきました。

「た、たす……」後ろから、苦《くる》しげな声が聞こえます。

「いやだよ。もう、ぼくは行くから！」こねずみくんは、かたごしにさけびました。

でも、フクロウは追《お》ってきません。なんだかようすが変《へん》です。

こねずみくんは、とまどって、おじいちゃんによびかけました。

「どうしたらいいの？」

どうしていいかわからないまま、こねずみくんは、外に一歩ふみだしました。

そのとき、後ろで、カタカタというみょうな音が聞こえました。

「フクロウさん？」

答えはありません。カタカタという音だけがつづいています。

どうしたらいいんだろう。

そのとき、またおじいちゃんのことばがよみがえってきました。

「やらなきゃいけないことは、勇気《ゆうき》を持ってさっさとやれ。でも、自分のためだけでなく、まわりのみんなのために行動《こうどう》するのがだいじだぞ」

「あー……」苦《くる》しそうな声が、テーブルのほうから聞こえてきます。

こねずみくんは、心配《しんぱい》になってかけもどると、たおれているフクロウのせなかをなでました。でも、ようすは変《か》わりません。

フクロウは、すっかり息《いき》がつまっているらしく、ひどく苦《くる》しそうです。

「こういうときは、せなかからうでをまわして、おなかのあたりを強くおすんだ。排水管《はいすいかん》でおぼれたときのために、なんどもいっしょに練習《れんしゅう》したじゃないか？おまえはわたしと同じネズーミ一族《いちぞく》のネズミだ。困《こま》っているときこそ、力を発揮《はっき》できるはずだ」

こねずみくんは、フクロウのせなかに自分のからだをおしつけると、うでをフクロウのむねのほうにせいいっぱいまわし、思いっきり引きよせました。最初《さいしょ》、フクロウはずっと苦《くる》しがっていましたが、こねずみくんが五回目にうでを引きよせると、ようやくメガネのフレームをはきだしました。ゴホゴホとせきこみながら、フクロウはおきあがりました。顔はまだまっ赤です。

こねずみくんは、思わずあとずさりました。フクロウは、いますぐこねずみくんをつかまえて、なべにおしこむかもしれません。

フクロウとこねずみくんはすこしのあいだ、見つめあいました。

と、フクロウは、つばさでドアのほうをさし、かすれた声で言いました。

「行け、こねずみくん、早く行け！　わたしの気が変《か》わるまえに！　さっさと行け！」

こねずみくんは、あわててフクロウの家から走りだしました。木のえだや、み

きをとびこえると、葉《は》っぱやとげが、足をかすめます。

森の外に出ると、こねずみくんはようやく足をとめ、ハアハアと荒《あら》い息《いき》をしました。

それからせすじをのばして、あたりを見まわしました。遠くに、あかりが見えます。

なにやら、さけび声も聞こえます。

「おじいちゃん、みんながぼくたちをさがしてるんだ!」

なんだか、からだの中に、光がともったみたいに、元気が出てきました。でも同時《どうじ》に、悲《かな》しくてたまりません。

「おじいちゃんといっしょに帰ることがで

きないんだもの」

頭の中で、おじいちゃんの声が聞こえました。

「わしはいつだって、おまえのそばにおるよ」

こねずみくんは、空を見上げました。まん丸い月が出ています。星は、いつものようにかがやいていました。

見ていると、星がひとつ、ヒューッと流《なが》れました。こねずみくんは前足を空に上げて言いました。

「いまの星はおじいちゃんなの？　おじいちゃんの声が聞こえるよ。いつもね。これって、すごいことだよね？」

ほえているのは、だれ？

森の中はまっ暗《くら》です。遠くで、フクロウの声が聞こえたような気がしました。

えだが落《お》ちてきて、こねずみくんの頭にあたりました。

「いたっ！」

こねずみくんは、思わず足をとめました。頭がくらくらします。あたりを見渡《みわた》すと、すこしまえまで遠くに見えていたあかりが消《き》えていました。ぶきみなほど静《しず》かです。森には、だれもいないみたいでした。

もうだれも、ぼくたちをさがしていないのかな？　そんなにかんたんに、あきらめてしまったの？

こねずみくんの口元が、ぶるぶるとふるえました。ほかの動物《どうぶつ》たちはみな、いまごろは、自分たちのあなや巣《す》の中であたたかくすごしているにちがいありません。ぼくのほかはみな……。

こねずみくんのおなかが、グウッと鳴りました。ああ、おなかがぺこぺこです！

こねずみくんは目を、ぎゅっととじました。

頭の中で、パパときょうだいたちが台所《だいどころ》のテーブルにすわっているすがたがうかびました。みんな、大きな白いナプキンを首につけて、ナイフとフォークをしっかりと持《も》っています。

ママがカブトムシのパテが入った熱《あつ》あつのさらをテーブルにおきましたが、こねずみくんはこっそりと、デザートのカタツムリ入りのシュークリームをとろうとします。と、ママがこねずみくんの前足を軽《かる》くたたき、「それは食事《しょくじ》を食べおわってからでしょ！」と言って……。

そこまで思いうかべて、こねずみくんは、がっくりとうなだれました。おじいちゃんといっしょに家に帰らないと、パパとママにおこられる……。

フクロウの話をしても、パパもママも信《しん》じてくれないでしょう。おこられるのがいやで、話をでっちあげたと思われるかもしれません。

「こねずみ、おまえにはほんとうにがっかりだ」と、パパは言うだろうし、ママはただ、悲《かな》しそうにぼくのことを見つめるだけかもしれない。

こねずみくんはすわりこむと、しくしくと泣《な》きだしました。

そのとき、せなかにドングリがあたりました。こねずみくんは前足で目をふいて、立ちあがりました。
「泣《な》いているばあいじゃないだろう？」
「おじいちゃん？」

「もちろん、おじいちゃんだよ。ほら、なにを泣《な》いているんだ?」

こねずみくんは、顔を上げました。おじいちゃんの言うとおりです。家に帰って、みんなにフクロウにねらわれていることを伝《つた》えないと。そのことを知っているのは、こねずみくんだけです。さっき、ま夜中にダンスパーティーが始《はじ》まると、フクロウに教えてしまった! フクロウは、どこかにかくれて、みんなをおそってくるにちがいありません。

おなかがまた、グーグーと鳴りはじめました。こねずみくんは、おなかをさすりました。家までは、まだ、かなりあります。

とちゅうで、おなかがすきすぎて、死《し》んでしまったらどうしよう! ありえないことではありません。有名《ゆうめい》な探検家《たんけんか》のネズミたちが、なんびきも旅《たび》のとちゅうで、飢《う》えとかわきで死《し》んでいったのですから。

こねずみくんは有名《ゆうめい》ではないし、家までの道もよく知っています。でも、おなかがぺこぺこなのです。

ちょっとぐらいなら、遠まわりして帰る時間はあるんじゃないかな。こねずみくんは、農場《のうじょう》をとおって帰ることにしました。農場《のうじょう》には、いつでもおいしいものがあるからです。こねずみくんは、おじいちゃんといっしょに、よくしのびこんだものでした。

子ねずみは前足をくんで、考えました。

ちょっとだけなら、急《いそ》いで食べるものをさがしてもいいよね。だけどおなかをすかせたまま、フクロウのことをみんなに知らせるために走って家まで帰ったら？　そうしたら、みんな、こねずみくんをほめてくれるかもしれません。パパとママだって、こねずみくんをほこりに思うことでしょう。

こねずみくんは、家にむかって走りだしました。ところがすぐに、コケに足をつっこんでしまい、動《うご》けなくなりました。足がなかなかぬけません。

と、そのとき、遠ぼえが聞こえました。まるで泣《な》いているかのように、長く、切なくひびきます。

「ワオーン！　ワオーン！」

こねずみくんは、思わず息《いき》を殺《ころ》しました。もしかしたら、オオカミ？　月にむかってほえるのはオオカミだ、とタレミミ先生が教えてくれました。だとしたら、急《いそ》いでにげないと。オオカミは、こねずみくんをぱくっとひと口でのみこんでしまうでしょう。

こねずみくんは耳をすましました。森は静《しず》まりかえっています。えだが折《お》れる音も、葉《は》がカサカサいう音も、聞こえません。

いえ、またなにか聞こえました！

「ワオーン！　ワオーン！」

悲《かな》しそうな声で、まったくこわくはありません。

これは、オオカミのしかけた、わななのかな？　それとも、だれかが困《こま》っているのでしょうか？

こねずみくんはふしぎに思って、頭をかきました。そして、なにがいるのか確《たし》かめようと、こっそりとほえ声のしたほうに行くことにしました。

だって、こねずみくんはだれよりも上手《じょうず》に、そこにいないふりをすることができるのですから。タレミミ先生からも授業中《じゅぎょうちゅう》、よく言われました。

「あなたは、ほんとうにいないふりをするのが上手《じょうず》。見えもしないし、音も立てないなんて」先生の顔には、気に入らない、という表情《ひょうじょう》がうかんでいました。

でも、だれにも気づかれないようにするというのは、じつはとってもむずかしくて、練習《れんしゅう》がすごく必要《ひつよう》なのです。

おじいちゃんも言ってくれました。

「先生には、とくべつな才能《さいのう》を見ぬく目がないだけだ」

いまの遠ぼえがなんの声かつきとめよう。あぶないやつなら、すぐににげればいい。

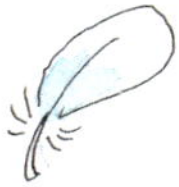

音を立てないようにそーっと、こねずみくんは草の中を進《すす》み、大きなシダの後ろに身《み》をかくしました。

鳴き声は、ものすごく近くに聞こえます。

「ワオーン！」

こねずみくんは、葉《は》っぱのかげから、そっとのぞきました。

すると、オークの木のそばに、大きくて毛むくじゃらのなにかが見えました。あれは、オオカミ？

と、そのとき、こねずみくんのおなかがまた、グーッと鳴りました。さっきより大きな音です。

あわてて前足でおなかをおさえましたが、もう手おくれです。

そいつは、鼻《はな》をクンクンさせて、言いました。

「そこにいるのはだれだい？」

こねずみくんは、あわてて身《み》をちぢめました。

「出てこいよ。そこにいるのはわかっているんだから」

こねずみくんは答えずに、葉《は》っぱの間から、もういちどこっそりとのぞいてみました。その動物《どうぶつ》は同じ場所《ばしょ》から動《うご》かずに言いました。

「おまえのにおいがするぞ！」

こねずみくんは、かん高い声でききました。

「目が見えないのかい？」

「見えるさ。なんで、そんなことをきくんだい？」

「いや、見えていないんだろ。そんなに遠くからでもぼくのにおいがわかるのに、こっちに来ないじゃないか」

「もっと近くに来てみろよ。そうしたら理由《りゆう》がわかるから。おれは、なにもできないからさ」

こねずみくんは大声で言いかえしました。

「いいや、ぼくはここでいいよ。きみが、なにか変《へん》なことを考えているかもしれないし」

「いったいぜんたい、なにを言っているんだい？　たのむからここに来て、このなわをほどいてくれよ」泣《な》いているような声です。

そのときはじめて、こねずみくんはそいつの首になわがまかれていることに気がつきました。

こねずみくんは、まよいました。わなかもしれない……。フクロウと同じように、なにもしないふりをしておそってくるのかもしれません。ここは、気をつけないと……。

そこで、こねずみくんは、大声でたずねました。

「なんで泣《な》いているの?」

「一日じゅう、木にくくりつけられていたら、泣《な》きたくもなるだろう?」

確《たし》かにそうです。でも、すなおに信《しん》じるわけにはいきません。こねずみくんはさらにしんちょうに、きいてみました。

「きみにききたいことがある。いいかな?」

「もちろん、もちろん! こわがるなよ。なんでもきいていいよ。正直《しょうじき》に答えるから。たのむから、なわをほどいてくれよ」

こねずみくんは、考え考え、ききました。

「まずは、かんたんなしつもんから」

そいつは苦《くる》しそうな声で、たずねました。

「いったい、なにを知りたいんだ?」

「あなたは、いつも月にむかってほえますか?」

「ほえないよ。なんで、そんなことすると思うんだ?」

「オオカミは、月にむかってほえるからだよ」ちゃんと答えられたので、こねずみくんはこっそり、やったねと親指《おやゆび》を立てました。そして、タレミミ先生にも聞いていてほしかった、と思いました。

ところが、そいつは大わらいしながら言いました。

「おまえは、おれがオオカミだと思ったのか？　おれをばかにするなよ。オオカミなんて、なかまで群《む》れるやつらじゃないか！　あいつらは、弱虫《よわむし》の集団《しゅうだん》だ！　おれは犬だ。なんでもひとりでやるのさ」

こねずみくんはまゆをひそめ、深《ふか》く息《いき》を吸《す》って、言いました。

「だったら、自分でなわをかみちぎればいいじゃないか？」よし、なかなかうまいことが言えた！

犬はなわがぴんとはるのを見せて、言いました。

「できないんだ。ここに来てみろよ。そうすれば、おれの言ったことがわかるから。なあ、助《たす》けてくれよ！」

それでも、こねずみくんがじっとしたままでいると、そいつはさけびました。

「おい、まだそこにいるのか？　なんで、なにも言わないんだよ？　おまえ、ひょっとしてオオカミなのか？　おこらせたかな？　悪気《わるぎ》はなかったんだよ」

こんどは、こねずみくんがわらう番でした。

「ぼくがオオカミだって？　じょうだんはよしてくれよ！」

「じょうだんを言っているよゆうなんてないよ。はらがへって、死《し》にそうなんだ。いまなら、なんだって食えるよ」犬は泣《な》きさけびました。

「なんでも!?　きみを助《たす》けたあとに、ぼくのことを食べないって、言える？」こねずみくんは、こわくなってききました。

「そんなことしないよ。犬はうそをつかない」

こねずみくんは思い出しました。タレミミ先生は、犬は主人《しゅじん》の言うことを聞く、と教えてくれたっけ。

でも、先生は、フクロウはかしこくて常識《じょうしき》がある、とも言っていましたが、とんでもない！　フクロウは、ずるくて、いんけんでした。そのうえ、殺《ころ》し屋《や》なのです。

タレミミ先生は、人間のペットや家畜《かちく》のようにおとなしい動物《どうぶつ》のことしか教えてくれなかったけれど、それはまちがいでした。

こねずみくんは前足をおでこにあてて考えました。どうしたら、犬がやくそくを守《まも》る、とわかるでしょうか？

そのとき、こねずみくんはひらめきました。パパはメガネを作るとき、おきゃくさんに保証書《ほしょうしょ》をわたしていました。こわれても修理《しゅうり》しますよ、という証明書《しょうめいしょ》です。証明書《しょうめいしょ》はきちんとしたものでなければいけません。パパは、ブナの木《き》の葉《は》っぱを使《つか》っていました。ブナの葉《は》は、すべすべしていて、やぶれにくいからです。

そこで、こねずみくんはききました。

「きみ、字を書くことはできる？」

「できないよ。そんなことできて、どうする？　変《へん》なことをきくなあ」

「ぼくを食べたりしない、って保証《ほしょう》がほしいんだ。保証《ほしょう》があれば、きみを助《たす》けてあげるよ」

「言うとおりにする。とにかく、なんとかしてくれ。おなかがへっているんだ。もう、たおれそうだ」

こねずみくんは、大声で言いました。

「よく聞いて。そこにあるオークの木のみきに、きみの足あとをつけて！　足あとは一ぴき一ぴきちがうからね。それがあれば、きみがちかったっていう証明《しょうめい》書《しょ》になる」

「うーん、なにを言っているのか、さっぱりわからないよ。でもいいさ、おまえを食べないってちかうよ」犬はオークの木のみきに足あとをつけました。

こねずみくんは言いました。

「それと、きみの愛《あい》するものにちかって」

「ちかうよ。地球最高《ちきゅうさいこう》のドッグフードにかけて」

「いいだろう。じゃあ、いまからそっちに行くよ」

こねずみくんは犬のすぐそばに行くと、声をかけました。

「やあ、ぼく、こねずみだよ」

犬はあとずさりして言いました。

「ネズミだって？　きたならしい！」

こねずみくんはおこって、フンッと鼻《はな》を鳴らしました。

「きたないだって？　自分を見てみなよ。きみのほうがよほどきたないじゃないか。足はどろだらけだし、毛ももつれてる。最後《さいご》にお風呂《ふろ》に入ったのはいつだよ？　ぼくのことがいやなら、べつにいいよ……じゃあね！」

「待《ま》って、もどってきてくれ！」

こねずみくんは、ふりかえって言いました。

「ほんとうに、もどってきてほしいの？　ぼくは、きたないのに？」

「あのぉ……じょうだんだよ」

こねずみくんは、こしに前足をあてて、おこって言いました。

「きみはひどいことを言ったんだよ。ぼくのことを知らないのに。ぼくがきたないだって？　ママに毎日、歯《は》をみがけ、耳そうじをしろ、ヒゲに油《あぶら》をぬれ、しっぽをあらえ、って言われて、パパには食べものを投《な》げちゃだめって言われて、弟たちだって……」

「わかった。わるかったよ！」犬は、あわててあやまりました。

「なに？　よく聞こえなかったんだけど」

「ごめん！」そう言いながら、犬はちぢこまりました。「ほら、木のえだなら、あそこにあるよ」

こねずみくんは、まゆをひそめてききかえしました。

「木のえだって？」

「えだで打《う》つんだろ？」犬はしっぽを後ろ足の間に引っこめ、大きな頭を下げました。

こねずみくんは、やってられない、というように前足を上げ、さけびました。

「なにを言ってるの？　どうして、きみをたたくの？」

犬は、あたりまえだろ、というように、かたをすくめました。

「ご主人《しゅじん》はいつもそうするんだよ。『こうしないと、おまえは覚《おぼ》えな

いからな、ちび』って」

こねずみくんは息《いき》をのみました。

「うそだろう?」

「ほんとうさ」犬は、こねずみくんを見返しました。

「ほんとに……?」こねずみくんはききかえすと、かたを落《お》として言いました。

「ちび、それはひどいよ」

「おれの名まえはちびじゃなくて、マックスだよ。ご主人《しゅじん》だけが『ちび』ってよぶんだ」

「ひどいご主人《しゅじん》だな! そのご主人《しゅじん》が、きみをここにしばりつけたのかい?」

マックスは、悲《かな》しそうにうなずきました。

「でも、どうして?」

「休暇《きゅうか》で、ご主人《しゅじん》は、旅行《りょこう》に出かけたんだ。でも、おれはつれていけないって」

こねずみくんは、おどろいてさけびました。

「それで、木につないでいったっていうのかい？　ペットホテルにあずけなかったの？」

「高すぎるんだって」マックスはつぶやきました。

「動物《どうぶつ》を保護《ほご》してくれるところがあるって聞いたよ？」

「あずけにいく時間がないって」

こねずみくんは、目を大きくして犬を見つめ、すこししてから口を開《ひら》きました。

「じゃあ、もしもぼくがとおりかからなかったら……。そしたら、そしたら……」

マックスは暗《くら》い目で、こねずみくんを見返しました。

こねずみくんは、すばやく、マックスのせなかにかけのぼりました。

「もうすこしのしんぼうだよ」

こねずみくんが太いなわをかじりだすと、なわはすぐに切れて、地面《じめん》に落《お》ちました。

そのとたん、マックスは大喜《おおよろこ》びで、ほえて、とびまわり、うれしそうにさけびます。

「すごい、あっというまだった！」

　こねずみくんは、にっこりして言いました。

「想像力《そうぞうりょく》を使《つか》ったんだ。なわを、ソーセージって想像《そうぞう》したのさ」

　マックスは、近くにあった水たまりの水をいきおいよく飲《の》みながら言いました。

「きみは神《かみ》さまだよ、こねずみくん。この恩《おん》は、いっしょう、わすれない！」

　こねずみくんは、照《て》れてまっ赤になりました。いままで、「神《かみ》さま」だなんて言われたことがありません。「とくべつ

なおきゃくさま」とよばれるよりも、もっとすごい気がします。

　こねずみくんは、照《て》れながらお礼《れい》を言いました。

「ほめてくれてありがとう。マックス、きみは、ここからにげたほうがいい。マックス、きみはもう自由《じゆう》なんだ！」

　マックスは大きく息《いき》を吸《す》い、左右を見て、ためらいながら数歩前に進《すす》みましたが、すぐに頭をたれて、足をとめてしまいました。

「どうしたの？　だれかを待《ま》っているの？」こねずみくんは、わけがわからずききました。

「どこに行ったらいいのか、わからないんだ」

「どうして？　家族《かぞく》はいないの？」

マックスは、かたをすくめて、言いました。

「わからない。おれは、いつも人間といっしょに生きてきたから。子どものころは、ルイーザ夫人《ふじん》のところにいたんだ。夫人《ふじん》は、とても親切で、ねどこはかごだったし、ウールの毛布《もうふ》をかけてもらって、ねていたんだ。毎日、いちばんおいしいドッグフードを食べてたよ。寒《さむ》い日は、ニットのジャケットを着《き》せられてね。ルイーザ夫人《ふじん》たら、おれがかぜをひかないか、心配《しんぱい》だったんだ」マックスはそう言うと、遠くを見つめたまま、だまってしまいました。

こねずみくんは、ききました。

「どうしてルイーザ夫人《ふじん》のところを出ちゃったの？」

「ルイーザ夫人《ふじん》は、とても年をとっていたんだ。ある朝、ねむったまま、目をさまさなかった。そしたら、いまのご主人《しゅじん》がやってきた。ご主人《しゅじん》はおれに、ほんものの犬の生活をさせてやるって言ったんだ。どういう意味《いみ》かわからなかったんだけどね」マックスは顔をそむけ、ぼそっと言いました。「おれは、なにをやってもだめなんだ。ご主人《しゅじん》に、いつもおこられていたよ」

こねずみくんは、おどろいて言いました。

「そいつはひどいな！　ぼくたちネズミは、自分自身《じぶんじしん》が主人《しゅじん》なんだ。それに、どこに行っても、しんせきがいる」

「うらやましいな」マックスは、ホーッとため息《いき》をついて、言いました。

「きみたちといっしょに住《す》めないかな？　ちゃんとお風呂《ふろ》も入るし、朝、きげんがわるい、なんてこともないからさ」

こねずみくんは頭をかきました。

「マックス、でもぼくたちは、ネズミだよ！」

「そうだなあ、じゃあ……」マックスは、からだが小さく見えるようにし、ひざをまげ、おしりを低《ひく》くして、しっぽを地面《じめん》につけると、ちょこまかと歩きまわりました。そして首をのばして、か細い声で鳴きました。

「チュー！　チュー、チュー！」

「どうしたの？　気分がわるいの？」こねずみくんは心配《しんぱい》になって、ききました。

「おれはネズミだ。わかんないかい？　チュー！チュー！」

こねずみくんは大わらいしました。

「マックス、わるいけど、ネズミには見えないよ！」

「想像力《そうぞうりょく》を使《つか》ってもかい？」

こねずみくんは首を横《よこ》にふって、きっぱりと言いました。

「想像力《そうぞうりょく》は、もっと大きなことに使《つか》わなきゃ。元気を出しなよ。だいじょうぶだから！」こねずみくんはそう言って、はげますようにマックスのかたを

たたきました。

　マックスは落《お》ちつかないようすで言いました。

「おれ、ずっとなにも食べてないんだ。早く食べないと、たおれて死《し》んでしまうよ」

　それを聞いたとたん、こねずみくんのおなかがグーッと鳴りました。

　照《て》れくさくて「ぼくもだよ！」と、こねずみくんは言いましたが、すぐに真剣《しんけん》な顔になりました。

「ねえ、だいじょうぶ？　きみ、ぐあいがわるそうだよ。目がぼんやりしているし、足もふるえているよ」

「やになっちゃうな！　ほんとうに気分がわるくなってきた」と、マックス。

　こねずみくんは、マックスをじっと見つめると、言いました。

「大変《たいへん》だ」こねずみくんの目が光りました。「そうだ、急《いそ》いで農場《のうじょう》に行って、な

にか食《た》べものをもらってこようよ」

ワオーン！　ワオーン！

そのとき、森にまた、遠ぼえがひびきわたりました。でも、こんどは悲《かな》しそうな声ではなく、おそろしい声です。

こねずみくんとマックスは、こわごわ顔を見合わせました。

「オオカミだ！」二ひきは、同時にさけぶと、矢のようにかけだしました。

こねずみくんとマックスは、息《いき》を切らしながら、農場《のうじょう》にたどりつきました。
こねずみくんは、さくにもたれかかり、マックスはその横《よこ》にたおれこみました。
「もう走れない」こねずみくんがゼーゼーと言うと、「おれもだ」とマックスも言いました。

こねずみくんは、さくの間から、農場《のうじょう》の中をのぞいてみました。

「変《へん》だな、ブルドッグのボリスがいない。やつのおりにもいないみたい。ボリスは意地《いじ》がわるいから、もしかしたら、どこかにかくれているのかもしれない」

マックスは、ニッと歯《は》を見せて言いました。

「心配《しんぱい》するなよ、こねずみくん。そいつがきみになにかしようとしたら、おれがだまっちゃいないさ」

こねずみくんは、にやっとわらいました。

「ぼく、ボディーガードつきのネズミだね！　うちの家族《かぞく》で、いままでそんなネズミはいなかったよ。おじいちゃんはぜったいに、ほこりに思ってくれるよ」

「ほんとうにそう思うよ、こねずみくん」

頭の中で、おじいちゃんの声が聞こえました。こねずみくんは、自分が、とても大きくなったように感《かん》じられて、言いました。

「マックス、きみはここに残《のこ》るんだ。ぼくが食《た》べものをさがしてくるよ」

「おれもいっしょに行っちゃいけないかい？」

「ぼくだけのほうが早いから。ぜったいに」

「ああ、つまり、きみはおれがじゃまなんだ」マックスは、悲《かな》しそうにうなりました。

「いいや、そうじゃないよ。きみには、ぼくの後ろを見張《みは》っていてほしいんだ。おじいちゃんがそうしてくれたみたいにね。まえ、おじいちゃんとここに来たときは、おじいちゃんが見張《みは》りをしてくれたんだ。ここには、ボリスだけじゃなくて、ネコのティッペもいる。わかるかな？　あのずるがしこいオスネコは、すがたが見えなくても、音が聞こえなくても、とつぜんどこからともなくとびかかってくるんだ」

こねずみくんは、のどのあたりが苦《くる》しくなってきましたが、静《しず》かに言いたしました。

「でも、もう、ここにおじいちゃんと来ることはないんだ。おじいちゃんは、フクロウに食べられちゃったから」

「それはざんねんだったね」マックスが言いました。

「ほんとにね」こねずみくんは、くやしそうに答えて、またさくの間をのぞきました。「危険《きけん》は、どこにでもひそんでいる。でもね、きみが見張《みは》ってくれたら、だいぶ安心《あんしん》できるよ」

マックスは、むねをはりました。

「まかせておけ」

こねずみくんは、にっこりとしました。

「かんじんなのは、だれにも見られないこと、ずっと目を開《あ》けていること。ほんのすこしでもあやしいと感《かん》じたら、すぐにほえて」

「わかった」そう言って、マックスは茂《しげ》みの下にかくれました。「どれくらいの時間……」

でも、こねずみくんのすがたは、すでに見えなくなっていました。

卵《たまご》を産《う》まないニワトリは？

農場《のうじょう》は、月あかりに照《て》らされていました。

こねずみくんは月を見上げました。きんちょうして、耳はピンと立っています。

すぐに、月は、雲の後ろにかくれてしまいました。

こねずみくんは、いきおいよく走りはじめました。

うまくいく、ぜったいにうまくいく。

でも、あとすこしで納屋《なや》にたどりつくというところで、石につまずいて、ころんでしまいました。

こねずみくんはいたくて、顔をゆがめました。思わず声が出そうになりましたが、声を出すわけにはいきません。

足から血《ち》が出ていますが、歩くことはできました。はねるように前に進《すす》み、なんとか納屋《なや》にたどりつきました。こねずみくんは、外のかべにせなかをおしつけ、まわりを見わたしました。動《うご》くものはなにもありません。

足を引きずりながら、しんちょうに、ニワトリ小屋《ごや》まで行くと、そのかげにかくれます。いつもよりもっと静《しず》かに歩かないと。ニワトリたちのねむりは浅《あさ》いので、いつ目をさますかわかりません。

そのとき、ニワトリ小屋《ごや》の中から、変《へん》な音が聞こえました。

こねずみくんは、ドアをそうっと開《あ》けてみました。

ニワトリたちはみんな、止まり木にすわってねむっています。ただし、いちばん年長のアラベレだけはべつでした。アラベレはすみっこにすわって、はげしく泣《な》いていたのです。

ああ、こまった。なんで泣《な》いているのか聞いてやるひまはない！　でもアラベ

レが泣《な》きやまないと、ほかのニワトリたちも、みんなおきてしまうかもしれません。

こねずみくんは、ドアのところから、声をひそめてよびかけました。

「アラベレ、アラベレ」

でも、泣《な》き声《ごえ》は大きくなるばかりです。

ニワトリが数羽、目をさまして、落《お》ちつきなく動《うご》きだしました。そしてそのうちの一羽が顔を上げて、「うるさい！」と、どなりました。

こねずみくんは、あわてて小屋《こや》の中に入り、小さな声で言いました。

「しーっ、アラベレ。アラベレ、ちょっと聞いて！」

アラベレは頭を左に、そして右にむけました。

「もちろん、チョッキは着《き》てないわ。だれよ、そんなことをきいてくるのは？」

「ぼくだよ、こねずみだよ」

「あら、わたしは、こじらみなんて持《も》ってないわよ!」

ちゃんと聞こえていないみたいです。こねずみくんは、しかたがないので、アラベレが気がつくように、大きく前足をふって声をかけました。

「アラベレ、こっちを見て！」

「ぼっちじゃないわよ、ほっといてよ！　ばかみたいなことを言わないでちょうだい。そんな気分じゃないのよ」

こねずみくんは、アラベレの前に立ちました。

「ぼくは、こねずみだよ」こねずみくんは言いました。

「こじらみ？」

「こねずみ」

「あら、ぬれねずみなの」そう返《かえ》したものの、アラベレはまた泣《な》きだしました。

こねずみくんは、あわてて言いました。

「静《しず》かに！　ボリスが来ちゃうよ」

アラベレは、ふしぎそうにこねずみくんに目をやり、言いました。

「ボリスなら死《し》んだわよ、トラクターにひかれてね。でも、なみだなんて出なかったわよ。あのばかな動物《どうぶつ》は、いつもわたしに、ぐちばかり言うな、ってうるさかったのよ」そう言うと、アラベレは、またもや泣《な》きはじめました。

こねずみくんは冷《ひ》やひやしながら、こっちを見るようにと、前後にとびはね、言いました。

「ちょっと、静《しず》かに！」

「だれも、わたしの言うことなんて、聞いちゃくれないのよ」アラベレはくやしがりました。

そういうことか。こねずみくんは、ようやくわかりました。アラベレは、みんなから注目《ちゅうもく》してほしいんだ。だれかがアラベレのことを気にかけたら、アラベレは泣《な》きやむ。それも、早ければ早いほど。そうすれば、こねずみくんも、食《た》べものをさがしにいけるでしょう。

こねずみくんは、そっとアラベレの羽を引っぱりました。

「アラベレ、どうしたの？　なにがそんなに悲《かな》しいの？」

「わたし、毎日ものすごくきれいな卵《たまご》を産《う》んでいるの。でも、悲《かな》しくてしかたがないのよ」

「きみほどきれいな卵《たまご》を産《う》むニワトリはいないって言われてるよね？　きみは、いちばん、優秀《ゆうしゅう》なメンドリじゃないか」こねずみくんは、アラベレをなだめました。

こんどはアラベレにもよく聞こえたようです。アラベレはとくいげに、コッ、コッと鳴きました。

「そんなことは、もちろんわかってるわよ。でもね、三日つづけて、わたしのかんぺきな卵《たまご》がなくなってしまったのよ」

「どうして？」こねずみくんは、おどろきました。

「だれかがわたしの卵《たまご》をかくしたのよ。そうにきまっているわ」

「そんなこと、だれがやったって言うのさ？」

アラベレは、つばさの先で後ろのほうをさしました。

「新入りの二羽よ。わたしが、とてもとてもうつくしい卵《たまご》を産《う》むから、しっ、し、しっとしているのよ。いまごろ、わたしのことをわらっているんだわ。わたしが卵《たまご》の産《う》みかたをわすれちゃった、なんて言って。ええ、あの二羽がかくしたにちがいない！　ほかに考えられないわ」

こねずみくんは、あわてて言いました。

「静《しず》かにして。卵《たまご》をさがすには、もうおそいし、ここはまっ暗《くら》だ。早くねたほうがいいよ。あしたには問題《もんだい》も解決《かいけつ》しているさ」

「でも……」

「目をつぶって、アラベレ！　ちゃんとねないと、きれいな卵《たまご》が産《う》めないいんじゃない？　それとも、ほかのニワトリに負《ま》けてもいいの？」

このことばは、ききめがありました。こねずみくんがニワトリ小屋《ごや》の外に出るまえに、アラベレは止まり木にすわって、もういびきをかいていました。

家の近くに来ると、いためたベーコンのにおいが、ただよってきました。ああ、なんておいしそうなにおいだろう！　口の中に、よだれがたまってきます。こねずみくんは家にむかって急《いそ》ぎ、かべのあなから、家の中に入りました。

台所《だいどころ》までの道は、よく知っています。よし、うまくいく！　と、こねずみくんは思いました。

そのとき、頭の中でおじいちゃんの声がしました。

「ゆだんするな、こねずみくん！　このあいだのことを、覚《おぼ》えているだろう？」

そうでした！　このまえ農場《のうじょう》に来たとき、あやうく、オスネコのティッベに食べられそうになったのです。

あの日、こねずみくんが台所《だいどころ》のテーブルの上にいると、ティッベがとびのってきました。こねずみくんはあわててにげだしました。そのとき、コショウ入れを引っくりかえしてしまっ

たので、コショウをあびたティッペは、ものすごいくしゃみをして、追《お》いかけてこられなかったのです。ききいっぱつでしたが、こねずみくんはなんとか助《たす》かりました。

ああ、それにしてもおいしそうなベーコンのにおいです！　おなかがすきすぎて、足もよろよろしてきました。おなかがグーグーと鳴っています。

でも、もうじき食《た》べものにありつけると思うと、こねずみくんはこおどりしてしまいました。

家の中では、農家《のうか》のご主人《しゅじん》とおくさんが、テーブルにむかいあって、すわっていました。こねずみくんは、テーブルのあしのかげにかくれました。

おくさんは、困《こま》ったように話しています。

「アラベレったら、どうしちゃったのかしら？　いつも、あんなにうつくしい卵《たまご》を産《う》んでいたのに、まったく産《う》まなくなっちゃうなんて」

ご主人《しゅじん》は口に食《た》べものを入れたまま、もごもご答えます。

「なんにでも、終《お》わりは来るものさ。アラベレの時代《じだい》は終《お》わったんだ。日曜はお祭《まつ》りだ。アラベレは、スープにしたらどうだ？」

こねずみくんは、思わず息《いき》をのみました。台所《だいどころ》も静《しず》まりかえっています。

おくさんは、おどおどとききました。

「アラベレを飼《か》いつづけることはできないかしら？」

「あいつもほかと同じ、ただのニワトリじゃないか。わかってるだろう。卵《たまご》を産《う》まなくなったニワトリは、スープになるんだよ」ご主人《しゅじん》は答え、大きくあくびをしました。

なんてことでしょう。アラベレはスープにされてしまうのです！

おさらをわきによせる音が聞こえました。

「あんまり、おなかがすいてないわ」

ご主人《しゅじん》はため息《いき》をつきました。

「まさか、あの年とったニワトリのことを気にしているんじゃないだろうな？」

おくさんは、立ちあがると、台所《だいどころ》を出ていきました。あやうく、こねずみくんのしっぽをふみつけるところでした。

ご主人《しゅじん》はなにやらブツブツ言うと、ナイフとフォークをテーブルにおいて、おくさんのあとを追《お》いかけていきました。

こねずみくんは、すぐにテーブルのあしをよじのぼりました。そしてテーブルの上にたどりつくと、おさらから、残《のこ》っていたベーコンをとって、急《いそ》いでからだのまわりにまきつけました。

ああ、やっと、自分とマックスが食べるものを

手に入れることができました！

おじいちゃんの声がしました。

「ぐずぐずしていないで、すぐにここを出るんだ！」

「うん、そうするよ、おじいちゃん！」

こねずみくんは、テーブルのあしをつたっておりようとしました。でもそのとき、ほかのおいしそうな食《た》べもののにおいがしました。ふりかえると、焼《や》きたてのアップルパイがあります。

ちょっとくらい、もらっても、だいじょうぶだよね？

アップルパイは、天国の食《た》べものみたいなおいしさでした。こねずみくんは口いっぱいにほおばると、うっとりしながら目をとじました。

「うーん、おいしい！」こねずみくんがつぶやきました。

と、耳元で「なあ、おいしいよなあ！」という声が聞こえます。

こねずみくんはおどろいて、ぱっと声のほうを見ました。アップルパイのくずが、ヒゲから落《お》ちました。

こねずみくんのすぐそばに、赤毛のネコがいます！

「ティッベ！」こねずみくんは声をあげました。

「そのとおり。ティッベさまのお出ましだよ。ごきげんよう、こねずみくん。庭《にわ》にいたら、きみのにおいがしてきてね。だから、お目にかかってごあいさつしようと、やってきたのさ」まるでビロードのようになめらかな声で言うと、ティッベは大きく息《いき》を吸《す》いこみ、こんどは音を立ててはきだしました。

「うーん、この甘《あま》ずっぱいネズミのにおい。たまらなくて、きみを殺《ころ》しちゃいたいくらいだ。ハハハ、じょうだんだよ！　で、きょうはどんなご用件《ようけん》で？」

こねずみくんは、こおりつきました。心臓《しんぞう》が口から飛《と》びだしそうです。

落《お》ちつかないと……。こねずみくんは考えました。もしもぼくがこわがっていることに気がついたら、ティッペはすぐにおそってくるにちがいありません。

「わるいけど、きみに会いにきたわけじゃないんだ」こねずみくんは、できるだけ、ティッペがいることを気にしていないふりをして言いました。

「そりゃないよ、まったくひどいじゃないか、こねずみくん。わたしは、きみにあいさつに来たっていうのに」

ティッペは、こねずみくんを気味《きみ》のわるい目つきで見ながら、前足に力を入れて、つめをのばしました。ティッペのつめが光り、テーブルにキズをつけます。

ティッペはつめを見つめて、かすれ声で言いました。

「やすりをかけて、きれいにみがいてきたのさ。いつでも、きみのお役《やく》に立てるようにね」

「いや、ぼく、ひとりでだいじょうぶだよ！」こねずみくんはそうさけぶと、後ろのほうにとびはねて、テーブルのあしをすべりおりました。そしてティッペの熱《あつ》い息《いき》を首の後ろに感《かん》じながら、なんとか、かべのあなにかけこみました。と、あなの中が暗《くら》くなりました。ふりむくと、あなの外に、あざやかな緑色《みどりいろ》の目が見えます。こねずみくんはまわりのかべをけずって、ちりや砂《すな》を集《あつ》めると、その光る目にむかって投《な》げました。

「いてっ！　くそっ、なにしやがるんだ！」

ティッベが目のいたみにひるんだしゅんかん、台所《だいどころ》のあかりが、あなの中に入ってきました。

こねずみくんは、あわててあなから外へかけだしました。後ろのほうから、ティッベのどなり声が聞こえます。

「このくそネズミ！　ぜったいにつかまえてやる、待《ま》ってろ！」

こねずみくんは、納屋《なや》にむかって大あわてで走りました。でもニワトリ小屋《ごや》の前にさしかかったところで、こねずみくんは足をとめました。

大変《たいへん》だ！　アラベレはスープにされちゃうことを知らない……。

こねずみくんはふりかえりました。ティッベのすがたは、まだ見えません。でも、追《お》いつかれるのは時間の問題《もんだい》でしょう。

こねずみくんは、ニワトリ小屋《ごや》に入りました。

「アラベレ！　アラベレ！」

アラベレは、ねむたそうに目を開《あ》けました。

「また、あんたなの？　すっごくいやな夢《ゆめ》を見ちゃったのよ」

「いいから、だまって！」

「そうよ、わたしはかまってほしいのよ。いちばんうつくしい卵《たまご》はわたしが産《う》んでいるのよ。そんなこと、だれだって知ってるわ！　あした……」

こねずみくんはとびあがり、アラベレをおして、止

まり木から落《お》としました。アラベレは、後ろむきに干《ほ》し草《くさ》の中に落《お》ちました。

こねずみくんは言いました。

「だまって、ぼくの話を聞いて！　ティッペが追《お》いかけてきてるから、さけばないで。わかる？」

アラベレは、とまどったようすでうなずきました。

「よく聞いて。きみ、スープにされちゃうんだ！」

「まあ、スクープですって!?」

こねずみくんは、いらいらしてうめきました。

「ちがうって。スープに入れられちゃうんだ！」

アラベレは、とびあがってさけびました。

「なんですって？　わたしが？　スープに？」

すると、ほかのニワトリたちもおどろいて目をさましました。

アラベレは、ニワトリ小屋《ごや》の中ではげしくはばたき、わめきました。

「わたしがスープなんて、じょうだんじゃないわよ！　スープに入るのはあんたたちよ！　わたしは、最高《さいこう》にきれいな卵《たまご》を産《う》むニワトリなんだから！」

ニワトリたちは、いっせいにさわぎはじめました。

こねずみくんは、頭をかかえました。最悪《さいあく》です！

そのとき、ずっと遠くのほうで、なにかがほえる声が聞こえました。

と、同時にニワトリ小屋《ごや》のドアが、いきおいよく開《ひら》きました。そこには、おそろしい顔をしたティッベがいました！

ニワトリたちは、ちりぢりに走りだしました。アラベレは、暗《くら》いすみっこへとつっこんでいきました。こねずみくんは、あわててアラベレの後ろにかくれました。

ティッベは後ろ足で立つと、ドアわくにもたれかかり、ヒゲを引っぱりながら、きょろきょろとあたりを見まわしました。しっぽはぶきみに、前へ後ろへとゆれています。

「ニワトリのご婦人《ふじん》たち！　熱烈《ねつれつ》なかんげい、どうもありがとう！　おやまあ、気絶《きぜつ》してるかたもいらっしゃる。あそこにも。わたしに会えて、喜《よろこ》んでくださっているんですね？　まったく光栄《こうえい》です。ですが、残念《ざんねん》ながら、きょうはあなたたちのために、思いをこめた一曲《きょく》を歌いにきたわけではありません」そう言うと、ティッベは一歩前に出ました。

ニワトリたちは、こわがってあとずさりました。

「わたしがさがしているのは……」

と、ティッベが言ったとたんに、こねずみくんはさけびました。

「スープに入れるニワトリだろ！」

そのことばを聞いて、ニワトリたちは、また大さわぎを始《はじ》めました。ニワトリたちは金切り声をあげ、まいあがるほこりと羽根の中でぶつかりあいながら、行ったり来たり、走りまわっています。ティッベのえじきになるまいと、みんな、必《ひっ》死《し》です！

ティッペは目をこすりながら、口に入った羽根を地面《じめん》にはきだしました。

こねずみくんは、アラベレにささやきました。

「チャンスだ」

「キャンプなんて、行きたくないわ」アラベレは言いかえしました。

こねずみくんは、アラベレをさえぎりました。

「ぼくの言うことを聞いて。ぼくについてきて！」

こねずみくんは高いところにとびあがると、前足を口にあて、ニワトリたちに言いました。

「みんな、きみたちのほうがたくさんいるんだ。力を合わせて自分たちを守《まも》るんだ！　やっつけろ！」

ニワトリたちは、いっしゅんおどろいて、あたりを見まわしました。

こねずみくんはアラベレをつついて、こぶしを空にむかってあげました。

アラベレは、目をかがやかせて、よびかけました。

「こうげきよ！　スープ用ニワトリ、反対《はんたい》！」

そして、ティッベに、もうぜんとむかっていきました。

アラベレのひと声は、ものすごい効果《こうか》がありました。ニワトリたちは全員《ぜんいん》アラベレのあとにつづき、ティッベめがけてつきすすみます。

ティッベは前足で頭を守《まも》り、地面《じめん》にうずくまりました。

「アラベレ、こっちだ！」こねずみくんはアラベレに言うと、ティッベにむかって、「出ていけ！」と、さけびました。

こねずみくんは、小屋《こや》の外にかけだしました。

アラベレはよろよろと、こねずみくんのあとを追《お》いかけます。

「そんなに速《はや》く走れないわ！」アラベレは息《いき》を切らして言いました。

「がんばるんだ。もうすぐだから！」こねずみくんは、はげましました。

こねずみくんがアラベレをつれてマックスのところにもどると、マックスはすっかり待《ま》ちくたびれていました。

「おそい！　なにしてたんだよ」そう言うと、ふきげんそうになりました。

「あとで教えるから。急《いそ》いで、アラベレをさくの外に出すのを手伝《てつだ》って！」

マックスは、アラベレを持《も》ちあげて、せなかにのせました。

「うわ、めちゃくちゃ重《おも》いな」マックスがつぶやくと、アラベレはじまんげに言いました。

「そうなのよ、だって、わたしは黄金のおしりを持《も》っているんだから。わたしが産《う》む卵《たまご》は、いつだっていちばんうつくしいのよ！」

ドスン、という重《おも》たい音がして、アラベレはさくの反対側《はんたいがわ》にあった牛のフンの上にとびおりました。

マックスが言いました。

「卵《たまご》っていえば、きみたちに見てもらいたいものがあるんだ」

こねずみくんとアラベレは、マックスのあとについて、木の間の開《ひら》けたところに行きました。

「あそこに三か所《しょ》、土がもりあがっているのが見えるだろう？　あそこにキツネが卵《たまご》を……」

「もしかして、わたしの卵《たまご》？」そうさけぶやいなや、アラベレは、突進《とっしん》して土をほりおこしました。

そこにはかんぺきな形をした、うつくしい卵《たまご》が三つ、月の光をあびてかがやいていました。

と、とつぜんキツネが茂《しげ》みの中からとびだしてきました。

「近よるな、それはおれのだ！」キツネは、いまいましそうにどなりました。

「信《しん》じられない！　これはわたしの卵《たまご》よ！」アラベレはどなりかえしました。

「いまは、おれのものさ！」キツネはにやにやとわらいながら、アラベレの首にとびかかりました。

マックスとこねずみくんは、あわててキツネにむかっていきました。マックスはキツネにきょうれつな頭つきを食らわせ、こねずみくんは手当たりしだいにかみつきます。

マックスがしっぽの先にかみつくと、よ

うやくキツネはアラベレをはなし、泣《な》きさけびながらにげていきました。地面《じめん》には、血《ち》が落ちています。

「キツネのおしりは黄金じゃなかったぜ」マックスはわらいました。

アラベレは、目をきらきらとかがやかせて、卵《たまご》を見つめて言いました。

「ほらね、言ったでしょ！」

こねずみくんは、うれしくなって言いました。

「もう、だいじょうぶだよ、アラベレ。きみはスープに入れられたりしないよ。きみは、奇跡《きせき》のニワトリだ！」

「化石《かせき》のニワトリ？」

「ちがうよ、奇跡《きせき》のニワトリ。だって、あしたの朝には、うつくしい卵《たまご》が四つならんでいるんでしょ？」

「もちろんよ！」アラベレは、胸《むね》をはりました。

こねずみくんは、りょうほうの前足を大きく広げて、たたえるように言いました。

「ほんとに、だれにもきみのまねはできないよ！　もう、きみはだいじょうぶだよ。だって、みんなぜったいに、きみの産《う》んだうつくしい卵《たまご》を見たいと思うもの。アラベレ、きみの卵《たまご》って、ほんとにすごいね」

「わたしの仕事《しごと》が、ついにみとめられたんだわ。ついに！」アラベレは喜《よろこ》びのあまりさけびました。

　マックスが言いました。

「ねえ、もう食事《しょくじ》にしないかい？　おなかがすきすぎて、くらくらするよ」

　マックスの鼻《はな》からは、ベーコンの油《あぶら》がしたたり落《お》ち

ていました。アラベレは、じょうきげんでおかしなダンスをおどっています。

こねずみくんは、ベーコンをほんのすこしかじると、にっこりとわらいました。家に着《つ》いたら、パパとママにおじいちゃんのことを話さないといけませんが、そのことを考えるのは、いまはやめておくことにしました。

しばらくおどったあと、アラベレはこねずみくんのところにやってきて、言いました。

「朝になったら、卵《たまご》が産《う》まれそうだわ。美容《びよう》のために、もうねないと」

アラベレは小屋《こや》にもどろうとしましたが、ふいにふりかえって言いました。

「こねずみくん、マックス、ありがとう。あなたたちがいなかったら、わたしは自分の卵《たまご》をとりもどせなかったわ。マックス、あなたって、とてもいい番犬よ。ボリスなんかより、よっぽど優秀《ゆうしゅう》」

そう言うと、アラベレはぴょんぴょんとはねるように、ニワトリ小屋《ごや》に入っていきました。

こねずみくんはとびあがりました。

「番犬！　わるくないよ！　マックス、どう思う？　屋根《やね》の下で、毎日食べる物《もの》だってもらえる。あの農夫《のうふ》が、きみがキツネを追《お》いはらったって知ったら、すぐに飼《か》ってくれるよ」

「でも、どうすれば、農夫《のうふ》にわかるんだい？」

こねずみくんは、草むらの中から、ちぎれたキツネのしっぽの先を拾《ひろ》いあげると、にんまりとして言いました。

「じゃじゃーん！」

それでも、マックスは不安《ふあん》そうにうろうろし、言いました。

「でも、ぼくなんかいらないって言うかもしれない」

こねずみくんは言いました。

「勇気《ゆうき》を出さないと勝《か》つこともできない、って言うだろ。ね、想像《そうぞう》してごらんよ。きみはこの農場《のうじょう》を守《まも》るんだ」

マックスの目が、きらきらと光りました。

「守《まも》る……」

でも、まだマックスは自信《じしん》がないようです。

「ぼくの歯《は》に、キツネの毛がついてる？」

こねずみくんは、にやっとわらって言いました。

「キツネのしっぽがあるだろ」

「そうだね、でも……」

「勇気《ゆうき》を出して、マックス。チャンスなんだよ！　きみは番犬にむいてるよ。でも、きみがやってみなきゃ、なにも変《か》わらないんだ」

マックスは、こねずみくんのほうを見て、言いました。

「そうか、これが想像《そうぞう》してみるってことか。いま、わかったよ。きみは、クラスでいちばん優秀《ゆうしゅう》なんだろうな」

「あはは、フクロウも同じようなことを言ってたよ。なんだかぼくもそんな気がしてきた」こねずみくんは、わらいました。

「きみも、いっしょに来てくれるのかい？」と、マックス。

「だめなんだ。ティッベが、ぼくをねらっているし、もうほんとうに家に帰らないと。ま夜中になったら、一族《いちぞく》みんなが集《あつ》まって古い納屋《なや》でパーティーをするんだ。でも、フクロウは、そこでぼくら一族《いちぞく》を食べてしまおうとねらっている。急《いそ》いで、みんなに知らせないと」

マックスは、こねずみくんのおなかに自分の鼻《はな》をおしつけると言いました。

「きみと別《わか》れるのはつらいよ」

「すぐにまた会えるよ。ぼくは、しょっちゅうここに来てるから」ウィンクをしながら、こねずみくんは言いました。そして、前足をマックスの鼻《はな》にあてて、はげましました。

「いまこそ勝負《しょうぶ》のときだ。グスグス泣《な》くような声を出したらダメ、力強くほえるんだ。そしたら、ぜったいだいじょうぶさ」

マックスはキツネのしっぽをくわえると、農夫《のうふ》の家までゆっくりとむかっていきました。家につくと、ドアの前にしっぽを落《お》とし、どうしよう、というようにふりむきました。

こねずみくんはカエデの葉《は》を前足で持《も》つと、さくの上にのぼって大きくふりました。月の光に照《て》らされて、葉《は》っぱはまるで巨大《きょだい》なネズミの足のように見えることでしょう。すくなくとも、こねずみ

くんは、そう見えるといいな、と願《ねが》っていました。

しばらくのあいだは、静《しず》かなままでしたが、すこしするとマックスがほえはじめました。最初《さいしょ》は用心深《ぶか》そうに、しだいにはげしくなっていきます。農夫《のうふ》の家の窓《まど》にあかりがつき、ドアがいきおいよく開《ひら》きました。農夫《のうふ》とおくさんは、おどろいた顔《かお》で、マックスと、マックスの足元にあるキツネのしっぽを見つめています。

マックスは、こんどはどうどうとほえました。

こねずみくんは、うれしくてたまりません。

「いいぞ、マックス!」

おくさんはマックスをだきあげると、家の中へつれてはいりました。ご主人《しゅじん》が、すぐにドアをしめました。

雲が月をさえぎり、あたりはまっ暗《くら》になりました。

マックスは勇気《ゆうき》を出し、うまくいったのです。こねずみくんは、よかった、と前足をこすりあわせました。

と、おじいちゃんの声がしました。

「さあ、つぎはおまえの番だ、こねずみくん」

「おじいちゃん、わかってる」

「それなら、急《いそ》ぎなさい」

急《いそ》いでいるのに……

こねずみくんは、トウモロコシ畑《ばたけ》の中の道をかけぬけました。足が地面《じめん》に着《つ》くか着《つ》かないかくらい、速《はや》く。まるでつばさが生えているかのようでした。

頭の中で、おじいちゃんの声が鳴りひびきます。

「家へ、早く家へ、こねずみくん!」

そのとき、暗《くら》やみからとつぜん、なにかがあらわれました。

「やあ、なにをそんなにあわてているんだい!」

「キツネ!?」こねずみくんはおどろいて、思わず横《よこ》にとびのきました。

「正しくは、はらをすかせたキツネだ! ささいなことかもしれないが、重要《じゅうよう》なちがいだよ」

　こねずみくんの足はかたまって、動《うご》かなくなってしまいました。

「どいてよ、キツネ。ぼく、急《いそ》いでるんだ」

　キツネは道のむこうがわに立っていいました。

「そんなにあわてるなよ、ネズミちゃん。二ひきのネズミを追《お》うものは、一ぴきも得《え》ず、と言うじゃないか」キツネは自分の言ったじょうだんに大声でわらいました。

「だがな、あの卵《たまご》は……」

「きみのものじゃない！」こねずみくんはさけびました。いかりでヒゲはふるえ、前足には汗《あせ》がにじんできました。

「そんな、つれないこと言うなよ、おれは、はらぺこなんだよ。それに、妻《つま》と子どもたちもね」キツネは言いま

した。

「だからって、卵《たまご》をぬすんでいいってことにはならないよ。卵《たまご》をとられたら、アラベレはスープにされちゃうんだぞ！」

「そんなに大げさにさわぐなよ。あんな年寄《としよ》りニワトリ、だれも気にしないぜ。それより、ネズミちゃん、おまえ、おれのことをわるく言えるのか？　おまえの鼻《はな》を見てみろ。油《あぶら》で光ってるじゃないか。前足もだぞ。おまえが食べたあのベーコンだって、おまえのものじゃないだろう！」

こねずみくんは、あわてて前足を後ろにかくしました。

「それとこれとは、べつだろ！」こねずみくんは言いかえしました。

「おや、ちがうって言うのかい？　おまえだって、おれと同じだろう。はらがへったら、そこにあるものをなんでも食べるにきまってるじゃないか」

こねずみくんはむっとして、キツネを見返しました。

「ふつう、おなかがすいていたら、卵《たまご》は土にうめるんじゃなくて、食べちゃうんじゃない？」

「おまえさん、思っていたよりかしこいな、ネズミちゃん」キツネはずるがしこそうにわらいました。「あの卵《たまご》は、イタチにわたすのさ。卵《たまご》と引きかえに、やわらかなウサギの肉をくれるとやくそくしたんでね」そう言うと、キツネはさらに一歩近づいてきて、口のまわりをなめました。「そのまえに……丸まるとしたネズミをいただくのも、わるくない」

こねずみくんは思わずおなかを引っこめ、あとずさりしました。

「ぼくは、これっぽっちも太っちゃいないよ！　そこをどいて。ぼくは家に帰らないと！　パパとママが待《ま》ってるからね」

キツネは、ゆっくりとこねずみくんに近づいてきました。

「忍耐《にんたい》とは、美徳《びとく》だよ」キツネは、あやしい目つきで言いました。

こねずみくんはさけびました。

「こんなところで、油《あぶら》を売っているひまはないんだ。パパとママが、死《し》ぬほど心《しん》配《ぱい》しているんだから！」

「死《し》ぬほど……ああ、ネズミちゃん、それだよ、それ。わたしがいま考えていたのは。なにごとにも終《お》わりは来るということだ」そう言うと、キツネは全身《ぜんしん》に力を入れ、とびかかろうとしました。

こねずみくんは身《み》がまえました。こわくてこわくて、からだががたがたふるえています。もしも、体育《たいいく》の授業《じゅぎょう》で、ちゃんと宙返《ちゅうがえ》りを練習《れんしゅう》していたら、いまごろキツネの頭の上をとびこえることができたのに。

キツネは歯《は》をむきだしにして、よってきました。

「ネズミちゃん、ネズミちゃん……」

こねずみくんは息《いき》をとめ、前足をぎゅっとにぎりしめました。

「もうだめだ」こねずみくんは、思いました。

そのとき、頭の中でおじいちゃんの声がしました。

「強くない者《もの》は、かしこくあれ。覚《おぼ》えているだろう？」

「うん、おじいちゃん。そうだった！」

こねずみくんはすぐさま、前にむかってとびはね、すぐにぱっとわきにとんで、トウモロコシ畑《ばたけ》の中ににげこみました。

背後《はいご》で声が聞こえます。

「おーい、ネズミちゃん。どこにいるのかな？　恐怖《きょうふ》におびえる汗《あせ》のにおいは、なんておいしそうなんだろう！」

キツネの声が、どんどん近づいてきます。こねずみくんは、息《いき》をのみました。からだから力がぬけていきます。ぜったいに助《たす》かりません！

おじいちゃんの声がしました。

「よく考えるんだ。ききいっぱつだと、強くなれる！」

どこかにかくれないと……そうだ、森にもどろう！

こねずみくんは、キツネのまわりをかけまわりました。

「ネズミちゃん？　ネズミちゃん？」

森ぜんたいが、「オジー、オジー、がんばるんだ……」と、ざわついていました。

こねずみくんは、全速力《ぜんそくりょく》で木ぎの間を走りました。


こねずみくんは息《いき》を切らしながら茂《しげ》みの下にたおれこみました。心臓《しんぞう》がバクンバクンといって、のどから飛《と》びだしそうです。

「ネズミちゃん、ネズミちゃん、どこにいるのかな？　キツネさんはここだよ！」

その声に、こねずみくんはあわてて身《み》がまえました。

月が雲の後ろにかくれて、あたりはとたんにまっ暗《くら》になりました。しかし、ふたたび雲が動《うご》きだし、すぐに月はすがたをあらわしました。

「おや、そこにいたのかい！」すぐそばで、声が聞こえました。

こねずみくんは、あわてて左を、右を、そして上を見ました。

きれいにならんだ歯《は》が、こねずみくんの頭の上で光りました。キツネはわらいながら言いました。

「ネズミちゃん、あきらめな。おまえさんは、おれのものだ！」

「まさか！」こねずみくんはそうさけぶと、ぱっと、キツネの両足《りょうあし》の間をすりぬけました。

「ネズミちゃん、ネズミちゃん。むだな抵抗《ていこう》はおやめよ！」

こねずみくんはふりかえって、かたごしに、キツネが小走りで追《お》いかけてくるのを見ました。

急《いそ》がないと。もっと速《はや》く！

そのとき、とつぜん、地面《じめん》が消《き》え、こねずみくんはあなの中にころげ落《お》ちました。うつぶせのまま、底《そこ》まですべり落《お》ちていきます。こねずみくんはしばらくの間、なにがおこったのかわからず、横《よこ》たわっていました。

こねずみくんは、頭をあげました。高いところに、あながあいています。そこだけ、月あかりでかがやいているのが見えました。

「ネズミちゃん、どこにいるのかな？」

キツネの足が、あなのまわりをさぐっているのが見えます。

そのとき、暗《くら》やみの中から、力強い声が聞こえました。

「気をつけて。道をあけてくれ！」

こねずみくんはあわてて横《よこ》にころがりました。すると、なにか、やわらかくてあたたかいものが、こねずみくんのわきをとおりすぎました。

そのとたん、キツネが泣《な》きさけびました。

「くそっ、足をはなせよ！」

「おまえは、わが家に招待《しょうたい》していないよ、この食いしんぼうめ！」

「いたい！　いたい！　おまえ、あわれなモグラやろうだな？」

「あわれなんかじゃない、ただのモグラだ！　なんど言ったらわかるんだ？　わすれないように、パンチをおみまいしてやる！」

「あいたたたっ！！！」

こねずみくんのヒゲに、キツネの血《ち》がしたたり落《お》ちてきました。

「キツネやろう、出ていけ！　さもなければ、おまえの足をかみ切ってやるぞ！」

キツネはあわてて、自分の足を引っこめました。

こねずみくんは耳をすましました。ガサガサという音がしましたが、すこしすると静《しず》かになりました。

いえ、なんの音もしなかったわけではありません。カチッという音がして、とつぜん、こねずみくんのまわりが明るくなりました。数十ぴきのホタルがトンネルのかべを照《て》らしています。

とつぜん、二本の大きな前足にかたをつかまれ、こねずみくんは、思わず身《み》をすくめました。

「おどろかなくても、だいじょうぶ。ぼく、モグラだよ。来てくれて、うれしいよ」

モグラは、こねずみくんのヒゲについている血《ち》をやさしくぬぐい落《お》としました。

「はじめまして、こねずみと言います」

モグラは、こねずみくんのかたを楽しげにゆさぶりながら言いました。

「そんなにかしこまらなくていいよ！　きみはパーティーに来たんだから」そう言うと、モグラは首につけた黄色いチョウネクタイを軽《かる》くたたいて見せました。

こねずみくんはききかえしました。

「パーティーって？　なんのパーティーなの？」

「ぼくの誕生日《たんじょうび》パーティーにきまってる

じゃないか！」モグラはチョウネクタイをちょっとゆるめると、にこにこして答えました。

「来てくれて、うれしいよ。これでいっしょにパーティーができる」

こねずみくんはモグラをとめようと、前足を上げて言いました。

「それはむりだよ。ぼく、家に帰らないと。急《いそ》いでるんだ」

「じゃあ、きみはぼくの誕生日《たんじょうび》のおいわいに来てくれたわけじゃないのかい？」

モグラは、悲《かな》しそうにのどをつまらせてききました。

「ごめん、ちがうんだ……」こねずみくんは答えました。

モグラは目を大きく見ひらき、なみだをうかべています。

こねずみくんは、あわてて言いました。

「また、つぎの機会《きかい》にね。助《たす》けてくれて、ほんとうにありがとう。でも、どうしても、すぐに行かないといけないんだ」

「そうかい、そううまくはいかないと思うけどね」モグラはふきげんそうに言いました。

「どういう意味《いみ》さ？」

「キツネが外で待《ま》ちかまえているよ。においがするもの」

こねずみくんは、がたがたとふるえだしました。

「じゃあぼくは、ここから外に出られないの？」

「まあ、そんなところかな」モグラは、こねずみくんのほうを見もしないで言いました。そして自分のからだについたゴミをつまむと、ぱっとはらいました。

こねずみくんは頭をかかえ、さけびました。

「もう、パパにもママにも会えないんだ！　きょうだいたちにも会えないなんて！」そして、泣《な》きだしました。

モグラは、あわてて言いました。

「おいおい、あきらめなくていいよ。トンネルの反対《はんたい》がわには、いつだって光がある。信《しん》じろよ、ぼくは経験上《けいけんじょう》、よく知っているんだ」

こねずみくんは、泣《な》きながら言いました。

「そうじゃないよ。ま夜中に大きなダンスパーティーがあるんだ。しんせきみんなが、古い納屋《なや》に集《あつ》まっていわうんだよ。でも、すっごくばかなことに、ぼく、そのことをフクロウに教えちゃったんだ」

「フクロウだって？　あのみにくいけだものは、ぼくのおばあちゃんを食べてしまったんだぞ！」モグラは大声でさけびました。

「ぼくのおじいちゃんもだよ。それだけじゃない。ほかにもたくさんのネズミたちが食べられちゃったんだ。フクロウがパーティーに来るとしたら、それは、おどるためじゃない……。ぼく、みんなにそのことを教えないといけないんだ。でも、どうしたらいい？　外に出られないっていうのに！」こねずみくんは話しながら、ゆっくりとトンネルを奥《おく》へと進《すす》みました。

「外に出られない。なるほど、そう思うかもね」モグラはにんまりとし、前足を組んでこねずみくんをじっと見つめてから、口を開《ひら》きました。「きみを助《たす》けてあげてもいいよ。そのかわり、ぼくのために歌を歌ってよ。それに、ケーキも食べてくれないと」

こねずみくんは、あきれてさけびました。

「歌う？　ケーキを食べるだって？　それどころじゃないってわからないの？　それに、きみだって、キツネとやりあったら、勝《か》てやしないよ。キツネのほうがはるかに目がいいし、動《うご》きだってずっと速《はや》いもの」

「そんなことは知ってるさ。でも、関係《かんけい》ないんだ」モグラは言いました。

こねずみくんは、おどろいてモグラを見返しました。

「どうやってキツネと戦《たたか》うのさ？」

「戦《たたか》ったりしないよ」

「どういう意味《いみ》？」

モグラは、あくびをするふりをしました。

「モグラくん、お願《ねが》いだってば！」

モグラは、かたをすくめて、口をとじてしまいました。

こねずみくんは、頭の上のあなを見つめました。あの外の草むらのどこかに、キツネがひそんでいるはずです。

こねずみくんは言いました。

「わかった、やるよ。歌を歌って、ケーキを食べる。ちょっとしかいられないけどね」

モグラの目が、明るくかがやきました。

こねずみくんはききました。

「でも、ちゃんと計画があるんだよね？」

モグラは、うれしそうに鼻《はな》のあなを広げて言いました。

「ぼくは目立たないかもしれないけれど、ばかではないよ」

モグラがそういう動物《どうぶつ》だってこと、タレミミ先生に伝《つた》えないと。こねずみくんは、うれしくなって、モグラを見つめました。

「きみって、頭がいいね！」と、こねずみくん。

「ほんとう？　そう言ってもらえると、うれしいな」モグラはおどろいたようすで、チョウネクタイをきっちりとしめ直し、言いました。

「じっさいはね、とてもかんたんなんだ。出口が見えないときは、ぎゃくに考えればいいのさ」

こねずみくんは目をぎゅっとつむり、さかさになっているところを想像《そうぞう》してみました。でも、頭をななめにしてみても、なにも考えつきません。

「意味《いみ》がわからないよ。モグラくん、なにが言いたいのさ？」こねずみくんは不《ふ》満《まん》そうに言いました。

モグラは、あなを指《ゆび》さしました。

「かんたんなことだよ。出口はあそこだけじゃない、地下のどこにでもにあるってことさ。キツネはあそこに、おいてきぼりにすればいいのさ」

「それって、どういうこと？」

モグラは、にやりとして言いました。

「ぼくたちは地下を進《すす》むんだ。前足がうずうずしてきたよ」

こねずみくんの顔が、ぱっと明るくなりました。

「まさか、それって……」

「きみの家までトンネルをほるのかって？　そのとおりさ。あっというまに家につくよ」

「なんてすごいアイデアなんだ！　ぼくのために、トンネルをほってくれるの？」

モグラは、もじもじして言いました。

「きみが歌を歌って、ケーキを食べてくれたらね」

モグラの家のリビングルームは、色とりどりの旗《はた》でかざりつけてありました。

まっ赤でふかふかのひとりがけソファーと、いすがいくつもならんでいますが、
だれもすわっていません。

「ほかのおきゃくさんたちはどこにいるの？」こねずみくんはききました。

モグラは、顔を赤らめて、悲《かな》しそうにわらいました。

こねずみくんは、あわてて言いました。

「ああ、そうか、これって、ひみつのパーティーなんだね。ぼくたちだけの、ひみつの」

モグラは、たちまち顔を明るくして、言いました。

「そのとおりだよ。だれを招待《しょうたい》するかは、じっくり選《えら》ばないといけないからね」

「ぼく、とってもうれしいよ。ねえ、始《はじ》めようよ」こねずみくんは言いました。

が、ふしぎなことに、ほんとうにそう思ったのです。

モグラは、ひとりがけソファーにすわりました。

「ぼくは、ここで聞くことにするよ」と、モグラは言いました。

こねずみくんは、なんどかせきばらいをすると、誕生日《たんじょうび》の歌を歌いはじめました。

「お誕生日《たんじょうび》、おめでとう……」

モグラは、うれしそうにこねずみくんを見つめました。

と、とつぜん立ちあがり、

「ちょっと待《ま》って」と言って、引き出しから変《へん》な形のぼうしをふたつ、とりだしました。ひとつをこねずみくんの頭の上にのせ、もう

ひとつを自分の頭にのせると、言いました。

「いっしょに歌ったほうが楽しいよね。もういちど、最初《さいしょ》から歌おうよ！」

二ひきは、心をこめて歌いました。モグラはかなり歌がへたでしたが、とても楽しそうでした。それを見て、こねずみくんも幸《しあわ》せな気持《きも》ちになりました。

「栄光《えいこう》あれ、栄光《えいこう》あれ！　バンザイ、バンザイ、バンザーイ！」

モグラは、こねずみくんを強くだきしめて言いました。

「だれかがぼくのために歌ってくれるなんて。信《しん》じられないよ」

モグラは、目をこすりながら、言いました。

「おっと、なみだが出る。目にゴミが入ったみたい。ほこりアレルギーだったらどうしよう？　モグラがほこりアレルギーなんて、困《こま》っちゃうよね」

そして、不器用《ぶきよう》に大きな前足をふったしゅんかん、そばにあった花びんを引っくりかえしてしまいました。

「だいじょうぶ、だいじょうぶ。『破片《はへん》は幸運《こううん》をもたらす』って言うしね」モグラは、すぐに言いました。

「そうだね」と、こねずみくんは答えましたが、モグラの顔を見ていられませんでした。こねずみくんは、しかたがないから歌っただけなのに。そのことを、モグラも気づいているはずなのに、それでも大喜《おおよろこ》びしているのです。

モグラは、楽しそうにおどりだしました。だれかがモグラに会いにくるってことはないのかな？　誕生日《たんじょうび》パーティーに、だれかが来てくれたこと、あるのかな？

こねずみくんは、せきばらいをして言いました。

「もう一回、最初《さいしょ》から歌おうよ」

モグラの目が、かがやきました。

そこで、二ひきはもういちど、誕生日《たんじょうび》の歌を歌いました。こんどは、こねずみくんはしかたなく歌ったのではありません。ほんとうに歌いたくて、歌ったのです。

モグラは、こねずみくんを台所《だいどころ》へつれていきました。テーブルには、巨大《きょだい》なケーキがありました。

モグラは、ほこらしげに言いました。

「ミミズのケーキさ。自分で焼《や》いたんだ」

そして、グラスになにかを注《そそ》ぎました。

「ベリーのお酒《さけ》だよ。これはおばあちゃんの秘伝《ひでん》レシピで作ったんだ。このパーティー、おばあちゃんも喜《よろこ》んでくれていると思うよ」

「ぼくのおじいちゃんだって、ぜったいにそうさ！」こねずみくんは言いました。

二ひきはグラスをカチンと合わせて、かんぱいしました。

「きみのおばあちゃんに、かんぱい」と、こねずみくん。

「きみのおじいちゃんに、かんぱい」と、モグラ。

二ひきはベリーのお酒《さけ》にそっと口をつけて、ひと口飲《の》んでみました。でも、二ひきともせきこんでしまい、そのあとは大わらいしました。


モグラは、ケーキに立てたろうそくに火をつけようとしたのに、まちがえて、マッチをこねずみくんの鼻《はな》にあててしまいました。

「あちち！」

「ごめんよ。メガネをなくしちゃったんだ。よく見えなくて」

「ちょっと待《ま》って。ぼくがやってあげるよ」そう言うやいなや、こねずみくんはろうそくぜんぶに火をつけました。

モグラがすぐにろうそくをふきけそうとしたので、こねずみくんはとめました。

「だめだよ、まずは願《ねが》いごとをしなきゃ。目をつむって。願《ねが》いごとは、口に出して言っちゃいけないんだよ」

「願《ねが》いごとなんて、ないよ。だって、願《ねが》いはすべてかなったんだもの」

そう言うと、モグラは前かがみになり、一気にろうそくの火をフーッとふきけしました。いきおいが強すぎて、こねずみくんは、かぶっていたぼうしが飛《と》ばされないように、しっかりとおさえておかないといけませんでした。

「ひと息《いき》で消《き》えたよ！　バンザイ！」

モグラはナイフを持《も》つと、ケーキを大きくふた切れ、切りました。

二ひきは、できるだけ大きな音を立てて、ムシャムシャ、ガツガツとケーキを

食べました。

こねずみくんは、大わらいしながら言いました。

「モグラくん、耳の後ろに生クリームがついてるよ！」

「きみの頭には、大きなミミズがのってるよ！　ああ、こねずみくん、こんなすてきなパーティーははじめてだよ！」

「でも、プレゼントをなにも持《も》ってきてないんだ……」こねずみくんは、もうしわけなさそうに言いました。

「ああ、そんなことは気にしないで。きみがいるじゃないか。それだけでじゅうぶんだよ」と、モグラ。

こねずみくんは、そんなふうに言われたことはありませんでした。だから、なんだかむねが熱《あつ》くなりました。もちろん、ベリーのお酒《さけ》のせいもあるでしょうが。

こねずみくんは言いました。

「あっ、ちょっと待《ま》って。ぼく、いいことを思いついたよ！　パパはメガネ作りの名人なんだ。きみのためにメガネを作ってもらえないか、たのんでみるよ。遠くも近くもりょうほう見えるメガネだよ。ぼくの家についたら、いっしょにダンスパーティーに行こう！」

「それはすてきだな！」モグラは、うれしそうに言いました。

こねずみくんは二本の前足につばをはき、こすりあわせました。

「さあ、急《いそ》いで始《はじ》めよう！　ぼくも、ほるのを手伝《てつだ》うよ」

ネズーミ一族《いちぞく》をすくえ！

モグラは、暗《くら》い地面《じめん》をまっすぐにつきすすみました。

こねずみくんは、バースデーケーキのろうそくに火をつけて、トンネルを照《て》らしました。そして、ほった土がくずれないよう、ケーキ用ナイフでしっかりとかべをおしかためていきました。

おどろいたことに、モグラはいちども地図を見ることなく、進《すす》んでいきます。

「正しい方向《ほうこう》に進《すす》んでるの？」不安《ふあん》になって、こねずみくんがききました。

「心配《しんぱい》しなくてもだいじょうぶ。ぼくのからだの中には、コンパスが入っているのさ」

モグラの言うとおりでした。しばらく進《すす》んで、モグラが土のかたまりをおしだすと、なつかしいにおいが、あたりにただよっていました。

こねずみくんは、トンネルの外に鼻《はな》をつきだしてみました。ブルーベリー、ナッツ、そしてシナモンの香《かお》り。そうです、こねずみくんの家のにおいです。家にもどったのです。

いすが動《うご》く音がします。そして、聞きおぼえのある声が聞こえてきました。

「もういちどさがしてくるよ。ここで待《ま》っていなさい」

こねずみくんはモグラをおしのけ、トンネルからはいだしました。

「パパ、ぼく、ここにいるよ！」

パパが、おどろいた表情《ひょうじょう》でふりむきました。

ママは、ものすごく悲《かな》しそうな顔でテーブルのそばにすわっていましたが、顔を上げ、大きな目でこねずみくんを見つめました。

「こねずみや、おまえなの？　ほんとうに、おまえなの!?」

こねずみくんはママの元にかけよって、だきつきました。ママは喜《よろこ》んでいます。おこってなんかいません。ママがあまりに強くぎゅっとだきしめたので、こねずみくんは息《いき》をすることもできませんでした。

でも、パパは、モグラがほった土の山からこねずみくんとモグラしか出てこなかったのを見ると、まっ青になって言いました。

「おじいちゃんはどこだ？」その声は、荒《あら》あらしく、悲《かな》しみに満《み》ちていました。

こねずみくんは、身《み》をすくめました。声を出すことができません。

パパはこぶしをにぎりしめて、ききました。

「おじいちゃんに、なにがあった？」

こねずみくんは、消《き》えいるような声で答えました。

「……フクロウだよ。フクロウのやつが……おじいちゃんを食べちゃったんだ」

「あの、クソきたないけだものめ！」

「まにあわなかったんだ。ほんとうだよ。なんとかしたかったんだけど、でも……」こねずみくんはつぶやくと、うつむいて、すすり泣《な》きはじめました。

そのとき、だれかがこねずみくんのかたを軽《かる》くたたきました。パパでした。

「どんなにいっしょうけんめいやっても、うまくいかない、ということはあるんだよ」パパがこねずみくんの耳元で、やさしくつぶやきました。

こねずみくんはこれまで、こんなにパパを近くに感《かん》じたことはありませんでした。

こねずみくんは、まわりを見まわしました。モグラは、まだトンネルの出口に立っています。モグラは、パーティー用のぼうしをいじると、困《こま》ったようにわらいながら言いました。

「道ならわかっているから、だいじょうぶ。ひとりで帰れるよ」

「そんなのだめだよ。ここにいて。いないとだめだよ。ぼくの友だちなんだから」こねずみくんは、きっぱりと言いました。

モグラの顔が、まっ赤になりました。

パパもうなずいて、言いました。

「さあ、こっちに来なさい」

こねずみくんはききました。

「そういえば、弟たちはどこにいるの？　みんなにも知らせないと」

「古い納屋《なや》よ。ダンスパーティーの準備《じゅんび》を手伝《てつだ》っているわ」と、ママ。

こねずみくんは、くらくらとめまいがして、あわててさけびました。

「急《いそ》いで行かないと！　理由《りゆう》は、とちゅうで説明《せつめい》するから」

古い納屋《なや》は、活気にあふれていました。力持《ちからも》ちのネズミたちが、長いテーブルを作ったり、道具《どうぐ》を運《はこ》んだりしています。

お母さんネズミたちは、パーティーのごちそうを山ほど、いそがしく運《はこ》んでいました。カブトムシのフライ、クレソン入り蚊《か》のムース、イモムシのグラタン、キノコのコショウがけ、カタツムリのピューレ、ブナの実《み》のグリル、クラッカーにのせたコガネムシ、グーズベリーパイ、ラズベリージュース、アブラムシのリキュールなど……。

干《ほ》し草置《くさお》き場《ば》は、ホップの葉《は》で作った花輪《はなわ》と、中にホタルを入れたランタンでかざられていました。そしてその一角では、合唱団《がっしょうだん》が、けんめいに練習《れんしゅう》していました。

ママは心配《しんぱい》そうに、言いました。

「子どもたちがいないわ」

パパは、こねずみくんのほうをふりかえって、ききました。

「おまえの話したことは、ほんとうなんだな。こねずみ」

「ほんとうだ、うそじゃない。ちかうよ」

「わかった。それ以上《いじょう》はなにも言わなくていい」

そう言うと、パパは歩きだしました。こねずみくんとママとモグラは、あわててそのあとを追《お》いかけました。

干《ほ》し草《くさ》をかためて作ったステージの上には、ハスの葉《は》のマイクがありました。赤いジャケットを着《き》て、ぐらぐらするどんぐりのぼうしをかぶった灰色《はいいろ》のネズミ

が、マイクをたたきながら、「一、二、一、二」と、まるで数の数えかたを習《なら》ったばかりのように、くりかえしています。同時に、かたほうの足を床《ゆか》にすべらせています。ステージにあながあいていないかどうかを確《たし》かめているのでしょう。

「あれはだれなの？」モグラがききました。

「司会者《しかいしゃ》だよ。ひと晩《ばん》じゅう、あそこでしゃべるんだ」こねずみくんは答えました。

パパがステージにとびのると、司会者《しかいしゃ》は、顔を上げました。

「すべて予定《よてい》どおりに進《すす》んでいるから、助《たす》けはいらんよ」

そして、グラスを手にすると言いました。

「ためしてみないか？　セイヨウスグリのワインだ。なかなか味《あじ》わい深《ぶか》い」

パパは司会者《しかいしゃ》を無視《むし》して、マイクを持《も》ちました。

「みなさんに、いますぐ伝《つた》えないといけないことがあるんです」

司会者《しかいしゃ》は、パパをさえぎって言いました。

「おいおい、そんなにあわてなさんなって！」そしてマイクをがっちりとつかむ

と、おこったような目つきでパパを見ました。

「すぐに順番《じゅんばん》がまわってきますよ。あなたの名まえは、メモをしておきましょう。えーっと、わたしのペンはどこにいったかな?」司会者《しかいしゃ》は、ジャケットのむねポケットをたたき、そして内ポケットをさぐりました。「ああ、あった。お名まえは?」

パパは、まっ赤になってさけびました。

「待《ま》っている時間なんてない!」

ママはあわててステージに上がり、パパをなだめるように言いました。

「あなた、冷静《れいせい》になって」

司会者《しかいしゃ》は、事情《じじょう》はわかったというように、ママに目配《めくば》せをして言いました。

「ああ、なるほど。上がり症《しょう》ってやつだ。みんなの前に出て話すのがこわいんですね。だから、できるだけ早く終《お》わらせたいと思っているんだ」

司会者《しかいしゃ》は首を横《よこ》にふって、つづけました。

「もうしわけないけれど、ほかの人たちと同じように、順番《じゅんばん》が来るまで待《ま》ってください」

パパの顔はいまや、まっ青でした。

司会者《しかいしゃ》は、さらにつづけました。

「いいことを教えてあげましょう。ちょっとわらえることを言えば、すぐに聴衆《ちょうしゅう》を味方《みかた》につけることができますよ。それから、深呼吸《しんこきゅう》をすること。吸《す》って、はいて。吸《す》って、はいて。ほらね、落《お》ちついてきたでしょう」

パパの鼻息《はないき》が荒《あら》くなりました。

司会者《しかいしゃ》は、ワインをひと口飲《の》んで、言いました。

「あわてないで。ほら、吸《す》って、はいて、吸《す》って、はいて」

とうとうママもおこりだし、司会者《しかいしゃ》の頭からどんぐりのぼうしをたたき落《お》とすと、言いました。

「くだらないことはもういいから！　夫《おっと》にしゃべらせなさい！」

司会者《しかいしゃ》はおどろいて、ステージからおりてしまいました。

パパは、マイクごしにさけびました。

「みなさん、聞いてください。生死《せいし》にかかわる問題《もんだい》です！」

でも、だれもパパのほうを見ようとしませんでした。大声でわらいあったり、話をしたりしていて、パパには気がつきません。

パパは困《こま》って、こねずみくんを見つめ、助《たす》けを求《もと》めるように言いました。

「だれも聞いてくれない。ああ、どうしよう……」

そのとき、こねずみくんは、おじいちゃ

んの声が聞こえたような気がしました。

「おじいちゃん？」

「こねずみくん、おまえならできるだろう？」

こねずみくんは、まよわずステージにとびのって、パパのところへかけよりました。そして、ぐるりとまわりを見まわすと、マイクにむかって、ゆっくりと、でもせいいっぱい話しはじめました。

「ぼくのいとこのロナウド・ネズーミ……行方不明《ゆくえふめい》、……リングテールおばあちゃん……行方不明《ゆくえふめい》、……おとなりのアルフレッド・ネズーミさん……行方不《ゆくえふ》明《めい》……」

しだいに、あたりは静《しず》かになっていきました。みんなが、こねずみくんを見つめています。

こねずみくんは、行方不明者《ゆくえふめいしゃ》の名まえが書いてある掲示版《けいじばん》をさしました。

「あのリストには、いま言った知り合いの名まえと、ほかにもたくさんのネズミの名まえがのっています。みなさんの家族《かぞく》、ぼくの家族《かぞく》、それに友だち……。みんな、いなくなって、どこにいるかわかりませんでした。きょうまでは……。

でも、いま、ぼくは、みんなになにがおこったのかを知っています。ぼくのおじいちゃんにきょう、なにがおこったのかも」こねずみくんは鼻《はな》をすすり、つづけました。「ぼくのおじいちゃん、カルーソ・ネズーミは、もうみんなの前で歌うことはできません」

一ぴき、そしてまた一ぴきと、ネズミたちがこねずみくんのいるステージのほうへと集《あつ》まってきました。

パパが言いました。

「さあ、おまえが見てきたことを話しなさい!」

こねずみくんは、パパを見て、うなずきました。

こねずみくんは、すべて話しました。おじいちゃんをさがしていたこと、フクロウの家での食事《しょくじ》のこと。そして引き出しの中のメガネのこと……そこまで話すと、こねずみくんの声はかすれてきました。

こねずみくんがだまってしまうと、会場はぶきみなほど静《しず》まりかえりました。パンくずが落《お》ちる音も聞こえるほどでした。

ママはあたりを見まわし、さけびました。

「子どもたちはどこ？」

「外よ。野原にいるわ。歌うカカシのところよ。子どもたち、みんな夢中《むちゅう》になっちゃって」後ろのほうにいた、べつのお母さんネズミが答えました。

こねずみくんはびっくりして、ききかえしました。

「歌うカカシって？」

そのお母さんネズミは、窓《まど》を開《あ》けて言いました。

「聞いてごらんなさいよ」

すると、歌声が部屋《へや》の中にも聞こえてきました。

「とくべつなおきゃくさま、しっかりつかまって。
みんなのところに行きますよ。
ワーオ！

とくべつなおきゃくさま、わたしをはなさないで。
あなたを大きな森につれていってあげましょう。
ワーオ！

とくべつなおきゃくさま、あなたはわたしのもの。
あなたはあんまりうれしくないかもしれないけれど。
ワーオ！」

こねずみくんは、その声に聞きおぼえがありました。

「『歌うカカシ』じゃない、あの声はフクロウだ！　フクロウは、子どもたちをおそうつもりだ！」こねずみくんはさけびました。

その場は、たちまち大さわぎになりました。だれもかれもが、なにかさけんでいます。

こねずみくんは、ステージからおりました。

「みんな、なんでもいいから武器《ぶき》を持《も》って！」こねずみくんは出口にむかって走りました。

「ドアを開《あ》けて！」

古い納屋《なや》の裏《うら》の野原は、月あかりに照《て》らされていました。フクロウが、カカシのかたにとまって、歌っています。そのまわりを、ネズミの子どもたちが輪《わ》になって、楽しそうにおどっていました。

「とくべつなおきゃくさま、さあ、あなたをおそうとしよう。だってわたしは、おなかがぺこぺこ、それにつかれているんだから。

ワーオ！」

とつぜん、歌声がやみました。フクロウが頭をつきだし、口を開《あ》け、つばさを広げて、子どもたちにむかってとびかかっていくのが見えます！

ネズミの子どもたちはいっせいにフクロウからにげだして、野原じゅうをかけまわっていきます。こねずみくんは、走って弟たちのところに行きました。

「近づくな、その子はぼくの弟だ！」こねずみくんはさけぶと、まっしぐらに、フクロウにむかって走っていき、フクロウのくちばしを力いっぱいなぐりました。

弟たちは、息《いき》も切れぎれに、にげていきます。ほかの子どもたちも、悲鳴《ひめい》をあげながら、てんでばらばらに走っていきます。

フクロウが、いまいましげにさけびました。

「また、おまえか！　まずは、おまえからいただくとするか！」

「そうはいかないぞ！」

そのとき、モグラがこねずみくんのとなりにやってきました。モグラは、シャベルのように大きな前足で、フクロウの両足《りょうあし》をつかみ、大きな口でかみつくと、

「走れ、こねずみくん、走るんだ！」とさけびました。

「いや、ぼくはにげないぞ！　きみをひとりになんてしない。ネズーミ一族《いちぞく》の総《そう》こうげきだ！」と、こねずみくん。

そのとたん、おこったネズミたちは、群《む》れをなして、フクロウめがけて突進《とっしん》していきました。

フクロウはおどろき、身《み》をくねらせてモグラの前足をほどくと、あわてて空にまいあがりました。

ネズミたちは、小石やどろだんご、クリのイガなど、なんでもかんでも、フク

ロウにむかって投《な》げつけました。フクロウは、イラクサのケーキから間《かん》いっぱつでのがれました。

ネズーミ一族《いちぞく》は、おとなも子どもも、だいかっさいしました。

「やったー！　フクロウはにげていったぞ！　ぼくたちは、フクロウに勝《か》ったんだ！」

こねずみくんとモグラは、顔を見合わせ、だきあいました。

「ぼくたち、いっしょだと最強《さいきょう》だね」

こねずみくんは言いました。

「最強《さいきょう》の友だちだね！」モグラも言いました。

パーティーが始《はじ》まりました。だれもが、おおいに食べて、飲《の》んで、そしてわらいました。二度《ど》ともどってこないネズミたちを思って、泣《な》くものもいました。

みんな、こねずみくんにかんぱいをして、モグラの誕生日《たんじょうび》をいわって、またかんぱいをしました。ほうぼうから、「お誕生日《たんじょうび》おめでとう!」という声が聞こえます。

モグラの目はかがやきました。

「こんなにすばらしい日はないよ」モグラはうれしそうに、はじけるえがおで言いました。

こねずみくんは、モグラがイモムシのグラタンをおかわりしているのをうれしくなってながめました。そしてパパの耳元で、「モグラに、誕生日《たんじょうび》のプレゼントにメガネをあげるってやくそくしたんだ。かっこいいメガネだよ」と、ささやきました。

パパがなにか言うまえに、とつぜん、塔《とう》の時計が鳴りました。ま夜中になったのです。

司会者《しかいしゃ》がさけびます。

「さあ、かたづけて！　ポロネーズ・ダンスの時間だ！」

みな、持《も》っていたおさらやグラスをわきにおきました。司会者《しかいしゃ》がテーブルの上に上がります。ネズミたちは一ぴき残《のこ》らずテーブルの上に集《あつ》まり、司会者《しかいしゃ》の後ろに長い列《れつ》を作り、おどりはじめました。歓声《かんせい》とわらい声があふれました。

みんなは、夜がふけるまで、テーブルの上でおどりつづけました。


その夜、こねずみくんは、なかなかねつけませんでした。目を開《あ》けたままベッドに横《よこ》たわり、まどの外をながめます。空には満月《まんげつ》がかかり、やみをおしのけていました。

モグラは、静《しず》かにいびきをかいていました。きみょうな音を立てながら、シャベルのような前足で、宙《ちゅう》をかいています。

モグラは、ねごとで歌っています。こねずみくんは、思わずわらってしまいました。だってモグラは、夢《ゆめ》の中でもひどく音をはずしていたのです。

フクロウが、ひとりさびしくテーブルにすわっているようすが、こねずみくんの頭にうかびました。

ネコのティッベは庭《にわ》で泣《な》きながら、ニワトリたちにやられたキズをなめていることでしょう。やつはしばらく、ニワトリ小屋《ごや》には近づかないにちがいない！

そしてキツネのことを思い出して、こねずみくんは、クスッとわらってしまい

ました。きっとキツネは、まだ、森のモグラのあなの入り口で、ばかみたいに待《ま》っていることでしょう。

ああ、きょうはもうくたくただ。まぶたがどんどん重《おも》くなります。

そのとき、ドアが開《ひら》きました。とじかけていたまぶたのすきまから、ドアのほうを見てみると、パパが、つま先立ちでそっと入ってくるところでした。そしてベッドの足元で立ちどまると、小さな声で言いました。

「よくやった、こねずみ。おまえは、じまんのむすこだよ」

その声は、おじいちゃんの声と同じくらいあたたかく、深《ふか》みがありました。

こねずみくんは、からだが軽《かる》くなったように感《かん》じました。まるで、そのまういてしまうのではないかと思うくらい。

こねずみくんは、返事《へんじ》をしませんでした。うれしくて、ことばが出てこなかったのです。

パパはなにかをベッドサイドのテーブルにおくと、そっと部屋《へや》から出ていきました。

こねずみくんはおきあがって、見てみました。テーブルの上には、メガネがふたつ、おかれていました。どちらも、かっこいいメガネです。こねずみくんは、にんまりとしました。ビンの底《そこ》のようにぶ厚《あつ》いレンズのメガネとは、もうおさらばです！

こねずみくんはまたベッドに横《よこ》になると、ふとんをあごのところまで引きあげました。

頭の中で、さっきのパパのことばがよみがえりました。

「よくやった、こねずみ。おまえは、じまんのむすこだよ」

森の新聞

奇《き》跡《せき》のニワトリ、
いちどに卵《たまご》を4つ産《う》む

おなかをすかせたキツネ、
モグラのあなにはまる

どんよくなフクロウ、
きょうぼうなネズミたちからにげだす

訳者《やくしゃ》あとがき

『こねずみくん、ききいっぱつ！』は、悪者《わるもの》フクロウからネズーミ一族《いちぞく》を守《まも》ろうとがんばるこねずみくんと、こねずみくんが出会う動物《どうぶつ》たちを描《えが》く、ハラハラドキドキ、そしてユーモラスな物語《ものがたり》です。

でも、こねずみくんがみんなを助《たす》けてヒーローになってしまい、という、よくあるようなお話とはちょっとちがいます。物語《ものがたり》のはじめのほうで、なんと、こねずみくんの大好《だいす》きなおじいちゃんは、どうやらフクロウに食べられてしまったらしい、ということがわかります。それだけでなく、いとこのロナウドや、リングテールおばあちゃんもえじきとなってしまったようです……。

子ども向《む》けの本としてはかなりショッキングな設定《せってい》ですが、動物《どうぶつ》たちの世界《せかい》は「弱肉強食」で、自然《しぜん》なことでもあります（こねずみくんだって、ミミズのケーキだのカブトムシのフライだの、ベーコンなんかも食べていますしね）。おじいちゃんたちのことを知ったこねずみくんは、なんとしても、フクロウがやってくる前に家にもどらなくては、と決心《けっしん》します。

物語《ものがたり》のカギとなるのは、こねずみくんの心の中に何度《なんど》も聞こえてくる「おじいちゃんの声」です。フクロウに食べられてしまったけれど、おじいちゃんの教えてくれたことは、しっかりとこねずみくんの心の中で生きているのです。「おじいちゃんの声」に助《たす》けてもらいながら、こねずみくんは家を目ざします。そして、とちゅうで出会った犬のマックスやモグラたちと助《たす》けたり助《たす》けられたりしながら、ぶじ、ネズーミ一族《いちぞく》をフクロウの魔《ま》の手《て》から救《すく》うことに成功《せいこう》するのです。物語の最後《さいご》にはパパが「じまんのむすこ」と言ってくれました。この本を読んだ子どもたちも、家族《かぞく》のためにがんばった経験《けいけん》があるのではないでしょうか。

本作ではじめて日本で翻訳《ほんやく》される、ヘルダ・デ・プレーターは、ベルギーのアントウェルペン州郊外《しゅうこうがい》の田舎町《いなかまち》に生まれ、兄といっしょに父親に読み聞かせしてもらううちに、読書好《ず》きの少女として成長《せいちょう》しました。自分で本が読めるようになると、地元の図書館《としょかん》に通いつめ、図書館《としょかん》の児童書《じどうしょ》コーナーにある本を全部《ぜんぶ》読んでしまったそうです。おとぎ話や冒険小説《ぼうけんしょうせつ》が好《す》きだった、とのことで、この作品《さくひん》にもそんな彼女《かのじょ》の好《この》みが反映《はんえい》されているように思います。

デ・プレーターは、詩人《しじん》でもあり、最終章《さいしゅうしょう》に登場《とうじょう》する「歌うかかし」の不気《ぶき》味《み》でリズミカルな歌は、さすが詩人《しじん》と思わせるものです。長年、オランダ語（国語）と英語《えいご》の教師《きょうし》もしていたそうで、こねずみくんと耳の遠いニワトリのアナベラとのかみ合わないこっけいな会話も、ことばに敏感《びんかん》な作者《さくしゃ》ならではのものです。このおもしろさを訳《やく》すには苦労《くろう》しましたが、原作の楽しさが伝《つた》わっていることをいのっています。

そして、こねずみくんやまわりの動物《どうぶつ》たちを、いきいきとしたコミカルなイラストで描《えが》いたのは、オランダでは知らぬ人はいないと言ってもいい、数々の賞《しょう》を受賞《じゅしょう》しているイラストレーターのテー・チョンキンです。彼《かれ》が手がけた作品《さくひん》はすでに日本でも何冊《なんさつ》も出版《しゅっぱん》されているので、「あっ、このイラスト、知ってる！」と思った人もいたでしょう。私自身《わたしじしん》もテーの大ファンで、二〇二三年に訳《やく》した『月のボールであそぼうよ　パンダとリスのはなし』（徳間書店《とくましょてん》）に続《つづ》き、また彼《かれ》のイラストのついた作品《さくひん》を翻訳《ほんやく》できると聞いたときは、まるでこねずみくんのように小おどりしてしまいました。

テーには一度《いちど》、会ったことがあります。オランダで毎年十月に行われる「子どもの本週間」で、私《わたし》の住《す》む町の書店にテーがやって来たことがありました。トークショーの後のサイン会で、テーに「きみの趣味《しゅみ》はなに？」ときかれたので、「ランニングです」と答えたところ、なんと私《わたし》が差《さ》しだした本の主人公《しゅじんこう》のお姫《ひめ》さまが、ドレスにハイヒール、といういで立ちでさっそうと走っているイラストを、ものの数分でささっ、と描《か》いて、最後《さいご》にサインを入れて渡《わた》してくれたのでした。そのスピードと、圧倒的《あっとうてき》な画力に、ますます彼《かれ》のファンになってしまったのは言うまでもありません。

ちなみにテーはこの本の原書が出版《しゅっぱん》された二〇二一年に八十八歳《さい》、今年なんと九十二歳《さい》になりますが、最近《さいきん》のインタビューでも、「まだまだ描《か》きたいものがたくさんある」と語っていたので、また近いうちに新作を日本のみなさまにお届《とど》けしたい、と心から願《ねが》っています。

最後《さいご》になりましたが、ちょうどこの本を訳《やく》しはじめたばかりのころに、突然《とつぜん》の病《やまい》に襲《おそ》われ、担当《たんとう》していただいた徳間書店《とくましょてん》の小島範子《こじまのりこ》さんには大変《たいへん》、ご心配《しんぱい》、ご迷惑《めいわく》をおかけしました。長期間入院《ちょうきかんにゅういん》したために仕事《しごと》がすっかり遅《おく》れてしまいましたが、入院中《にゅういんちゅう》はこの作品《さくひん》を、日本の子どもたちに届《とど》けることが、なによりの心の支《ささ》え、目標《もくひょう》でした。いま、ようやくこの本が出版《しゅっぱん》されることになり、うれしく思っています。本当にありがとうございました。

鵜木《うのき》　桂《けい》

【訳者紹介】
鵜木　桂（うのき　けい）
オランダ語翻訳者、通訳、ウルトラランナー。中学時代をアメリカ東部ですごす。英語以外の語学習得のために渡蘭し、ライデン大学でオランダ語、美術史の学士、修士号取得。国際農業者交流協会、外務省などで語学講師も務める。訳書に、『うんち工場で大冒険！　たべものの消化の旅がわかる』（河出書房新社）、『月のボールであそぼうよ　パンダとリスのはなし』（徳間書店）がある。ランナーとしては、24時間走で188.977㎞、48時間走で257.348㎞などの記録を持ち、レースを通して世界中に友だちがいる。

【こねずみくん、ききいっぱつ！】
Het grote avontuur van Kleine Muis
ヘルダ・デ・プレーター 作
テー・チョンキン 絵
鵜木桂訳 Translation © 2025 Kei Unoki
192p, 19cm, NDC949.3
こねずみくん、ききいっぱつ！
2025年4月30日　初版発行

訳者：鵜木桂
デザイン：木下容美子
フォーマット：前田浩志・横濱順美

発行人：小宮英行
発行所：株式会社　徳間書店
〒141-8202　東京都品川区上大崎3-1-1　目黒セントラルスクエア
Tel.(03)5403-4347(児童書編集)　(049)293-5521(販売)　振替00140-0-44392
印刷：日経印刷株式会社
製本：大口製本印刷株式会社
Published by TOKUMA SHOTEN PUBLISHING CO., LTD., Tokyo, Japan.　Printed in Japan

ISBN978-4-19-866003-1

徳間書店の子どもの本のホームページ　https://www.tokuma.jp/kodomonohon/